Frank Drach

Das Runde muss ins Eckige

AF282346

Frank Drach

Das Runde muss ins Eckige

Sportroman

Bibliografische Information der Deutschen Nationalbibliothek: Die Deutsche Nationalbibliothek verzeichnet diese Publikation in der Deutschen Nationalbibliografie; detaillierte bibliografische Daten sind im Internet über http://dnb.dnb.de abrufbar.

Verlag: BoD · Books on Demand GmbH, In de Tarpen 42, 22848 Norderstedt

Druck: Libri Plureos GmbH, Friedensallee 273, 22763 Hamburg

ISBN: 978-3-7597-7464-4

Inhaltsverzeichnis

Wie alles begann   8

Aller Anfang ist schwer   14

Teamgeist und Ehrgeiz schlagen Qualität   24

Wenn der Vater sich einmischt   30

Multi-Kulti in Finthen   37

Was wurde aus meinen Flüchtlingskindern?   41

Joshua – vom Stürmer zum Verteidiger   47

Krieg und Frieden   54

Eine Altersklasse voller Herausforderungen   60

Das Torhüterduell   71

Spielverderber   80

Mit dieser Mannschaft musst du Meister werden   88

Aus dem Schatten ins Licht   103

Der Durchbruch   108

Chris zahlt zurück   115

Positionswechsel   123

Der Sündenfall   131

Eine ungewöhnliche Beziehung   139

Ein Team bricht auseinander   158

I

Zurück auf dem Kleinfeld   174

Zwei Teams gleichzeitig   182

Von wegen Pause   195

Das Ende   204

Wie alles begann

Es war ein schöner Sonntag im Frühsommer 1992, die Sonne schien, die Temperatur war angenehm, es wehte ein leichter Wind. Wie könnte ich den Tag sinnvoll gestalten? „Auf dem Sportplatz ist ein Jugendfußballturnier, da kann ich eigentlich mal hingehen und schauen, wie die kleinen Kinder Fußball spielen", dachte ich, zog mich an und ging los. Der neue Sportplatz meines Heimatvereins Fontana Finthen, für den ich in der Jugend selbst zwei Jahre mehr schlecht als recht gekickt hatte, war letztes Jahr erst eingeweiht worden. Der erste Kunstrasenplatz in Mainz und Umgebung, eine echte Attraktion. Sonst wurde noch überall auf Hartplatz gespielt, der ein oder andere Verein im Umland hatte einen Rasenplatz. Schon von weitem hörte ich die Kinderstimmen und den Turnierleiter, der über Lautsprecher die nächsten Spiele ankündigte.

Auf dem Sportplatz angekommen musste ich mich erstmal orientieren.

Das Feld war in zwei Hälften aufgeteilt, auf der vorderen Hälfte spielte die E-Jugend, auf der hinteren Hälfte war die F-Jugend aktiv, also fanden zwei Turniere parallel statt. Ich ging zum E-Jugendturnier und sah meinen ehemaligen Trainer Wilfried Müller pfeifen. Er war mittlerweile zum Jugendleiter aufgestiegen und für die Turnierorganisation verantwortlich. Keine offiziellen Schiedsrichter also, sondern Eltern und Trainer, die hier zur Pfeife griffen. Das kannte ich so noch nicht.

Als Herr Müller das Spiel abgepfiffen und ein anderer Schiedsrichter das Feld fürs nächste Spiel betreten hatte, kam er auf mich zu. „Du bist doch Frank Drach, du hast doch früher mal bei mir gespielt", sagte er. „Ja, das bin ich", antwortete ich. „Kannst du pfeifen?", fragte er. „Wir haben zu wenig Schiedsrichter und ich muss mich um so viel hier kümmern, dass ich eigentlich überhaupt keine Zeit habe, hier auch noch den Schiri zu spielen", sagte er. „Na ja, die Regeln kenne ich. Aber ich habe weder Uhr, noch Pfeife dabei. Ich wollte eigentlich nur mal schauen, wie die Kinder Fußball spielen. Aber wenn ich damit helfen kann, dann versuche ich es halt mal", antwortete ich. „Uhr und Pfeife bekommst du von mir, Spielzeit ist 12 Minuten, du pfeifst immer zwei Spiele und meldest die Ergebnisse dann bei der Turnierleitung, Abseits gibt es nicht, alles ganz entspannt. Wenn sich jemand nicht benimmt, schickst du ihn für zwei Minuten raus", erklärte er mir, zog seine Uhr aus und drückte mir seine Pfeife in die Hand.

So war ich dann den Rest des Tages Schieds-richter, sogar das Finale der E-Jugend durfte ich pfeifen. Hier erlebte ich allerdings auch im negativen Sinn was es bedeutet, Schiedsrichter zu sein. Einem Verteidiger sprang im Strafraum der Ball an die Hand. Die Trainer und Eltern des angreifenden Teams forderten vehement Elfmeter, für mich war allerdings keine Absicht zu erkennen und ich winkte ab. Es fielen unfreundliche Worte von außerhalb des Platzes, die Kinder akzeptierten meine Entscheidung allerdings ohne größere Proteste und spielten weiter. Es stand schließlich schon 2:0 für sie und sie gewannen am Ende 3:0.

Bei der Siegerehrung dankte Herr Müller dann übers Mikrofon allen Helfern „und vielen Dank auch an Frank Drach, der kurzfristig als Schiedsrichter eingesprungen ist und seine Sache hervorragend gemacht hat" – ich war wie vom Blitz getroffen. Das hatte ich nicht erwartet, ich hatte doch nur ausgeholfen. Da kam auch mein zweiter ehemaliger Trainer zu mir. „Frank Drach, richtig. Ich wusste, dass ich dich kenne, aber dein Name war mir nicht mehr eingefallen. Was machst du denn so?" „Ich bin in der Ausbildung zum Bankkaufmann", sagte ich. „Fußball spiele ich nicht mehr. Ich habe drei Jahre Tennis gespielt, aber damit letztes Jahr auch aufgehört."

Wilfried Müller stieß zu uns. „Nochmal danke, Frank. Wir suchen übrigens für nächste Saison noch Trainer. Hast du Lust?" „Ich bin gerade in der Ausbildung und die will ich erst fertig machen", antwortete ich. „Für nächste Saison wird es nichts, aber übernächste Saison könnte ich einsteigen", bot ich an. „Alles klar, wir bleiben in Kontakt. Ich heiße übrigens Willy, du darfst mich gerne duzen", sagte Herr Müller. „Und ich bin Volkmar", sagte mein anderer Ex-Trainer. Damit war ich dann wohl in die Gemeinschaft aufgenommen und Anwärter auf eine Trainerstelle in gut einem Jahr.

Bis März des Folgejahres gab es keinen Kontakt zu Willy Müller, doch dann rief er mich an und fragte, ob ich noch bereit wäre, im Sommer als Trainer anzufangen. „Ja, ich bin bereit, meine Ausbildung ist im Mai fertig, dann kann ich einsteigen." „Gut, dann komm bitte am Dienstag um 20 Uhr zur Trainersitzung, da verteilen wir die Mannschaften und ich stelle dich den anderen Trainern vor."

Nach der allgemeinen Vorstellungsrunde wurden die Teams verteilt. Die arrivierten Trainer durften sich zuerst

eine Mannschaft aussuchen. Die meisten blieben bei ihrem derzeitigen Team. Für mich blieb schließlich nur die F-Jugend übrig. „So kleine Kinder – das kann ich nicht", sagte ich. „C-Jugend hatte ich mir vorgestellt. Da kann man auch im taktischen Bereich arbeiten. Aber mit 7-jährigen? Was macht man da?". „Wir helfen dir, wir haben alle klein angefangen", beruhigte Willy mich. „Das ist Ralf, er trainiert im Moment die F-Jugend und geht mit dem älteren Jahrgang in die E-Jugend. Geh zu ihm ins Training, schau dir an, was er macht und wie er mit den Kindern spricht. Die sind alle pflegeleicht, in dem Alter machen sie noch, was du sagst." Na gut, man kann es ja mal probieren. Am Ende der Saison schaute ich mir zwei Trainingseinheiten von Ralf an, machte mir meine Gedanken und übernahm nach den Sommerferien meine erste Mannschaft.

Aller Anfang ist schwer

Da stand ich nun inmitten einer Schar 8-jähriger, die mich neugierig ansahen. Willy Müller stellte mich den Kindern und den anwesenden Müttern kurz vor, wünschte mir viel Spaß und ging dann nach Hause. Die Mappe mit den Spielerpässen hatte er mir vorher noch in die Hand gedrückt. Jetzt musste ich mir erstmal einen Überblick verschaffen. Also rief ich die Namen der Kinder auf, deren Pässe ich hatte. Aber bei 25 Pässen und 12 Kindern fehlten natürlich etliche. Viele Namen waren niemandem bekannt, also Jungs, die irgendwann mal kurz reingeschnuppert und dann wieder aufgehört hatten. So richtig weiter-gebracht hatte mich diese Aktion also nicht. Nächster Versuch: Mal sehen, wer eher Stürmer und wer eher Verteidiger ist. Der Torwart war klar, es war nur ein Kind mit Torwarthandschuhen bewaffnet im Training. Es war Adrian, der Sohn von Ralf, von dem ich die Jungs übernommen hatte. Also Adrian ins Tor und die anderen in einer Reihe aufstellen, Anlauf und Torschuss. Sah irgendwie bei allen ähnlich aus. Mathias hatte einen kräftigen Schuss, er spielte sicher vorne. Tom traf den Ball nicht richtig, also sollte man ihn besser hinten aufstellen. Als ich mir gerade einen kleinen Überblick verschafft hatte, kam Leon auf mich zu. „Können wir jetzt ein Spiel machen?", fragte er. Alle Kinder stimmten ein. „Ja, bitte ein Spiel", riefen sie durcheinander. „Wer war denn letzte Saison euer Kapitän?", fragte ich in die Runde. „Ich", rief Leon und hob die Hand. „Gut, dann teilst du die Mannschaften ein. Du kennst deine Kameraden besser als ich", sagte ich zu ihm. Leon und Mathias, der scheinbar der Wortführer im Team war, teilten die Mannschaften ein und wir konnten mit dem Spiel anfangen. Vielleicht würde ich so erfahren, wer vorne und wer hinten spielt. Falsch gedacht – alle Kinder stürzten sich auf den Ball und es gab ein großes Knäuel und Gewusel. Das ist in der F-Jugend nichts Besonderes, aber damit konnte ich nichts anfangen. Ich versuchte, das Gewusel aufzulösen und halbwegs Ordnung reinzubringen. Aber dann war die Stunde

Training auch schon vorbei und die Kinder gingen nach Hause.

„Was habe ich mir da angetan?", fragte ich mich auf dem Heimweg. Immerhin waren die Kinder lieb und hörten mir zu, wenn ich ihnen etwas erklärte. Aber großes Interesse an Taktik und geordnetem Spiel hatten sie scheinbar nicht. So ließ ich sie in den folgenden Trainingseinheiten viel spielen und konnte nach und nach schon erkennen, wer sich hinten leichter tat und wer vorne die Tore schoss. Dann stand das erste Freundschaftsspiel an. Es ging zum Nachbarn aus Gonsenheim, die höflich angefragt hatten. Wenn ich gewusst hätte wie stark sie sind, hätte ich nicht zugesagt. Wusste ich aber nicht. Also fuhren wir guten Mutes die paar Kilometer in den Nachbarort und stellten uns der Aufgabe. Jeder würde Spielzeit bekommen und ich könnte einiges ausprobieren, das war klar. Mit der vermeintlich stärksten Aufstellung hielten wir in der 1.Halbzeit gut mit und gingen mit einem 1:1 in die Pause. Doch dann kam das große Durchwechseln und wir hatten keine Chance mehr. Gonsenheim überrollte uns und wir waren am Ende mit dem 1:8 noch gut bedient. Die Jungs waren todtraurig und ich war erstmal fertig mit den Nerven. Noch zwei Turniere und dann startete die Punkterunde, ausgerechnet mit einem Spiel in Gonsenheim.

Auch im ersten Turnier testete ich fleißig, ich wollte schließlich genau wissen, wer wo spielen kann. Die Ergebnisse waren ordentlich, Spiel-macher Mathias und Stürmer Heinz schossen einige Tore, die Abwehr spielte sich langsam ein. Als ich im zweiten Turnier wieder etwas testen wollte, raunzte mich Heinz' Vater an: „Jetzt ist aber langsam mal genug getestet. Wenn du immer noch nicht weißt, wen du wohin stellen sollst, dann hör besser auf." Ich war von dieser klaren Ansage irritiert. Was bildete der sich eigentlich ein? Sollte ich jetzt einem Vater nachgeben, oder sollte ich meine Linie weiterfahren? Ich testete noch dieses eine Spiel, dann ließ ich den Rest des Turniers die Stammformation spielen. Ich war so jung und unerfahren, dass ich es mir nicht gleich mit den Eltern verscherzen wollte. „Wenn du mal Hilfe brauchst, egal womit, sprich mich gerne an", bot Mathias' Vater mir an. Das klang schon wesentlich freundlicher. Aber ich wollte meinen eigenen Weg gehen.

Das erste Saisonspiel in Gonsenheim war das erwartete Desaster. Diesmal gingen wir mit 0:12 baden. Toller Einstand als Trainer. Also gleich mal Erfahrung sammeln was das Aufbauen und Trösten einer Mannschaft angeht. „Die anderen Gegner sind nicht so stark. Bei den Turnieren habt ihr ja auch gute Ergebnisse erzielt", sagte ich. Die Jungs nickten. Der Frust über die hohe Niederlage war schon im nächsten Training nicht mehr zu spüren. Mit Eifer machten die Jungs die Passübungen und Torschusstraining geht sowieso immer. Im nächsten Spiel holten wir gegen Hechtsheim unseren ersten Punkt, selbst gegen Mainz 05 reichte es zu einem Unentschieden. Wobei die mit ihren schwächeren Spielern gegen uns angetreten waren. Nach der Hinrunde standen wir auf dem 6.Platz von zehn Mannschaften, da war noch Luft nach oben.

Dann kam die Weihnachtsfeier. Mit Kindern in diesem Alter kann man noch kein richtiges Programm machen, also wurden Weihnachts-lieder gesungen und Gedichte aufgesagt. Dann blickte ich kurz auf das letzte halbe Jahr zurück. Als ich auf die nicht so ganz zufriedenstellenden Ergebnisse zu sprechen kam, sagte Heinz' Vater: „Bei dem Training, das du machst, kannst du nichts anderes erwarten. Da können die Jungs ja nicht besser werden." Der nächste Hammer. Leons Mutter ging dazwischen: „Wir sind froh, dass überhaupt jemand unsere Kinder trainiert, also sei ruhig!" Na toll – sollte mich das jetzt aufbauen, oder noch weiter runterziehen? Mathias' Vater rettete die Situation erst einmal, indem er sagte, dass seine Frau und er sehr zufrieden mit mir seien und dass ich noch so jung sei und dass das mit Kindern in diesem Alter ja auch nicht ganz so einfach sei. Als die Mehrheit der Eltern dem zustimmte, war ich zumindest etwas erleichtert. Scheinbar gab es nur den einen unzufriedenen Vater.

In der Hallenrunde spielten viele Mannschaften mit, die draußen eine Liga unter uns spielten. Da konnten wir Selbstvertrauen sammeln. Wir schafften es bis ins Finalturnier und dort auf einen achtbaren 5.Platz. Ein erster kleiner Erfolg für mich.

Zwei Tage vor Ende der Wechselfrist rief Heinz' Vater bei mir an. „Es macht hier keinen Sinn mehr, ich melde Heinz ab. Wir wechseln den Verein", sagte er. „Und wohin soll die Reise gehen?", fragte ich. „Nach Gonsenheim, da hat er wenigstens ordentliche Mitspieler und einen guten Trainer", sagte er. Einerseits war ich erleichtert dass dieser Querulant weg war, andererseits fehlte mir jetzt der zweitbeste Torschütze und einzige echte Stürmer. So musste ich Oliver aus der F2 hochziehen. Ich hätte ihn lieber ganz langsam aufgebaut und ihn hier und da mal bei uns eingesetzt, jetzt musste er halt direkt den Sprung in die F1 schaffen. Die fehlende Qualität war uns jetzt anzumerken, aber zumindest gab es keine Störfeuer mehr von außen. Wir beendeten die Saison nur auf Platz 7, hatten aber bei den Turnieren nach der Saison einige Erfolgserlebnisse, fuhren zweimal sogar mit dem Siegerpokal nach Hause.

Gonsenheim wurde übrigens mit 18 Siegen aus 18 Spielen und einem Torverhältnis von +200 Meister. Sie dominierten auch die E-Jugend, aber dann wechselten viele Spieler zu größeren Vereinen und das Team brach auseinander.

Bis auf zwei Spieler gingen jetzt alle meine Jungs in die E-Jugend. Ich übernahm die E2 und behielt drei Spieler, der Rest rückte direkt in die E1 auf. Da der E1-Trainer aber schon nach dem 3.Spieltag aus beruflichen Gründen zurücktrat, bekam ich die E1 und zwei E2-Väter übernahmen die E2. Und schon hatte ich das nächste Problem: In der E1 spielten nicht die besten Spieler der beiden Jahrgänge. Der ursprüngliche E1-Trainer ging mit acht Mann in die Saison und ließ drei Topspieler mit ihren Kumpels in der E3 spielen. Als ich sie jetzt in die E1 holen wollte, stellte sich zuerst der Trainer quer und letztlich auch die Spieler und ihre Eltern. Also zog ich die drei E2-Spieler hoch, die ich schon aus der F-Jugend kannte und machte das Beste aus der Situation.

Mehr als ein Platz im hinteren Mittelfeld war mit dieser Mannschaft nicht möglich. Immerhin kamen wir in der Hallenrunde wieder ins Finalturnier und belegten am Ende Platz 3. Bei den Turnieren nach der Saison standen mir dann endlich alle Spieler zur Verfügung. Ich setzte die E3-Stars ein und wir gewannen fünf von acht Turnieren, darunter unser eigenes Turnier verlustpunktfrei und ohne Gegentor. Was wäre möglich gewesen, wenn ich die ganze Saison alle guten Spieler zur Verfügung gehabt hätte?

Egal wie, vom Kleinfeld und von Jungs, die nur dem Ball hinterherlaufen wollten, hatte ich jetzt genug. Ich wollte „richtigen" Fußball trainieren, also elf gegen elf aufs ganze Feld mit taktischen Finessen und allem, was halt so zum Fußball gehört. Natürlich auch endlich mit richtigen Schiedsrichtern. Denn was sich so manche gegnerischen Trainer und Eltern erlaubten, wie wenig unparteiisch sie pfiffen, war teilweise schon unverschämt. Wenn ich die Spiele pfiff, war ich immer korrekt und wollte auch umgekehrt so behandelt werden. Aber für manche Sportsleute gibt es halt nur Gewinnen um jeden Preis und selbst bei den Kleinsten wird die Fairness mit Füßen getreten. Davon hatte ich die Nase voll, jetzt sollte es aufs Großfeld gehen.

Teamgeist und Ehrgeiz schlagen Qualität

Glücklicherweise konnte ich zwei Jahrgänge überspringen und übernahm die D2-Jugend von meinem Bruder. Ich kannte die Jungs, war letzte Saison schon bei einigen ihrer Spiele dabei und hatte meinen Bruder gelegentlich im Training vertreten, wenn er verhindert war. Die Truppe war fußballerisch limitiert, hatte letzte Saison einige herbe Niederlagen einstecken müssen und wurde nur Vorletzter, aber der Teamgeist stimmte. Die meisten Spieler der Mannschaft wohnten in der gleichen Hochhaussiedlung und gingen in dieselbe Schule. Sie trafen sich oft auch an den trainingsfreien Tagen und kannten sich in- und auswendig. Die Stimmung im Training war immer gut, was generell ein Vorteil ist. Die Jungs waren konzentriert und ehrgeizig, wollten diese Saison auf jeden Fall besser abschneiden als letzte und sich fußballerisch verbessern, auch die Chemie zwischen dem Team und mir stimmte von Anfang an.

Unser neuer Torwart war Thomas. Er hatte in der E-Jugend noch ziemlich erfolglos im Feld gespielt und letzte Saison eine Pause gemacht. Jetzt kam er zu mir und wollte es mal im Tor versuchen. Das passte mir ganz gut ins Konzept, weil unser eigentlicher Torwart Hasan nicht mehr lange bei uns bleiben sollte. Seine Eltern hatten beschlossen, mit der Familie nach Amerika auszuwandern und warteten nur noch auf die Einreisegenehmigung. Thomas war groß und schlaksig und hatte eine gute Sprungkraft, das waren schon mal gute Voraussetzungen für einen Torwart. Das spezielle Torwartspiel würde er schon noch lernen. Albin war der Führungs-spieler in der Mannschaft. Er war zwar ruhig, ging aber mit totalem Ehrgeiz in jedes Training und riss die anderen Spieler auf seine Art mit, er hatte eine ganz besondere Aura, die sich nicht beschreiben lässt. Er war das älteste von fünf Kindern, die Eltern waren berufstätig, also musste er oft auf seine kleinen Geschwister aufpassen. Dadurch wirkte er mit seinen zwölf Jahren schon ziemlich erwachsen und verantwortungsbewusst. Klar, dass er die Spielführerbinde bekam. Dimitrios kommandierte die Abwehr, er war der Lautsprecher und Spaßvogel der Mannschaft. Thorsten und Mohammed waren die Manndecker. Mohammed war sehr schnell, Thorsten enorm zweikampfstark mit einem guten Stellungsspiel. Im Mittelfeld wirbelten die Zwillinge Jan und Markus unterstützt von David, Oscar und Dragan. Und vorne spielte Orhan, ein Hitzkopf, mit dem ich immer wieder meine Probleme hatte. Die übrigen Spieler ergänzten das Team dort, wo sie am dringendsten gebraucht wurden.

Gleich im ersten Saisonspiel gegen Laubenheim hatten die Jungs ihr Erfolgserlebnis. Sie spielten den Gegner an die Wand und gewannen glatt mit 8:0. Eine Woche später gab es im Pokal gegen Weisenau, die eine Liga über uns spielten, mit 9:1 das nächste Schützenfest. Aber die Mannschaft wurde nicht überheblich oder größenwahnsinnig, sondern blieb bescheiden. Die Erfahrungen der letzten Saison hatten die Spieler noch in ihren

Köpfen. Dann normalisierten sich die Ergebnisse, es gab Siege und Niederlagen, zur Winterpause standen wir auf Platz 6. Mit Joshua und Dusan kamen jetzt noch zwei neue Spieler hinzu, die vor allem vorne wichtige Alternativen wurden. Sie wohnten zwar am anderen Ende von Finthen und hatten wenig Kontakt zum Rest der Mannschaft, wurden aber schnell integriert. Joshua bestach durch seine Schnelligkeit, lief den gegnerischen Verteidigern ein ums andere Mal davon, vergab aber zumindest anfangs vor dem Tor einige sehr gute Chancen. Das besserte sich aber im Verlauf der Rückrunde, Joshua wurde technisch besser und abgezockter und machte seine Tore.

Man sah gerade gegen spielerisch stärkere Gegner, was ein guter Teamgeist ausmachen kann. Jeder rannte und kämpfte für den anderen, bei Fehlern gab es kein Abwinken, Anschuldigungen oder blöde Kommentare, sondern nur aufbauende Worte. Die Eltern standen hinter der Mannschaft und feuerten die Jungs vor allem bei den Heimspielen

lautstark an. Das gab dem Team nochmal zusätzliche Energie und wir holten
viele Punkte, die wir mit einer nicht so
gut harmonierenden Mannschaft nie geholt hätten.

Was gelegentlich zum Problem wurde –
und zukünftig auch blieb – waren die
Fahrten zu den Auswärtsspielen. Einige
Eltern hatten entweder kein Auto, oder
am Wochenende wenig Zeit, andere sahen nicht ein, bei jedem Auswärts-spiel
den Chauffeur für fremde Kinder zu geben. „Wenn das in der D-Jugend schon
anfängt, was soll das dann später geben,
wenn die Jungs nicht mehr wollen, dass
ihre Eltern dabei sind?", dachte ich mir.
Doch irgendwie kamen wir auch in den
Folgejahren immer am Spielort an, wenn
es auch teilweise schwierig war und ich
bei weniger weit entfernten Auswärtsspielen zweimal fahren musste.

Wir beendeten die Saison auf dem
4.Platz – das hätte ich nie für möglich gehalten, als ich das Team letzten Sommer
übernommen hatte. Und das Gute für
alle war, dass die Mannschaft fast

komplett zusammenblieb. Nur Thorsten, der eine bärenstarke Saison als Rechts- verteidiger gespielt hatte, wurde in die C1 berufen. Mit allen anderen ging ich in die C2. Hier sollte es dann vor allem im körperlichen Bereich schwerer werden, denn wir waren ja jetzt wieder der jün- gere Jahrgang.

Wenn der Vater sich einmischt

Abdul spielte bereits seit zwei Jahren bei anderen Trainern im Verein, als er zu mir in die Mannschaft kam. Er war absolut talentfrei, konnte keinen Ball ordentlich stoppen und keinen geraden Pass über fünf Meter spielen. So ein typischer Spieler, den man halt in der zweiten Mannschaft mit durchschleppt, weil die Eltern Vereinsbeitrag zahlen und weil man eine soziale Aufgabe und Verantwortung hat.

Abdul kam ganz gerne ins Training und verstand sich gut mit seinen Teamkameraden. Als ich ihn für das erste Saisonspiel nicht für den Kader nominierte (ich hatte 20 Spieler und durfte nur 15 einsetzen), verstand er es. „Nächste Woche bist du dabei", versicherte ich ihm. Abdul nickte und freute sich.

Im zweiten Spiel war er dann dabei und ich wechselte ihn fünf Minuten vor Schluss, als es 3:1 für uns stand und nichts mehr anbrennen konnte, im defensiven Mittelfeld ein. Abdul trat zweimal über den Ball, aber die anderen Jungs bügelten seine Fehler aus, trösteten ihn und sprachen ihm Mut zu. Am Ergebnis änderte sich nichts mehr.

Als die Mannschaften in die Kabine gingen, stürmte Abduls Vater mit wild wedelnden Armen auf mich zu und es kam zu folgendem Dialog:
„Ey, was soll das?"
„Was soll was?"
„Abdul hat nur fünf Minuten gespielt und letztes Wochenende gar nicht."
„Und, weiter?"
„Die anderen haben alle viel länger gespielt."
„Die anderen sind auch viel besser. Abdul kann froh sein, dass er heute überhaupt fünf Minuten gespielt hat."
„Das ist mein Sohn, er muss spielen."
„Aber die anderen sind besser."
„Mein Sohn muss spielen."
„Und warum?"
„Er ist mein Sohn, er muss spielen."
„Die anderen Kinder sind auch Söhne ihrer Eltern."
„Aber Abdul ist mein Sohn, er muss spielen."
„Und warum muss er spielen? Nochmal: Die anderen Jungs sind klar besser als

Abdul. Ich habe 20 Spieler, die alle irgendwann mal spielen wollen. Wenn es nur nach Leistung ginge, dürfte ich Abdul überhaupt nicht spielen lassen. Ich habe ihm fünf Minuten gegeben, die ein anderer Spieler draußen gesessen hat. Wo ist Ihr Problem?"

„Abdul muss spielen. Ich zahle Beitrag, mein Sohn muss spielen."

„Wenn er besser wird, spielt er auch länger. Aber im Moment ist nicht mehr drin. Abdul versteht das auch."

„Wenn Abdul nicht spielt, melde ich ihn ab."

„Alles klar, dann machen Sie das. Auf diesem Niveau führe ich keine Diskussionen."

Abduls Vater stürmte wutschnaubend von dannen.

Abdul wurde tatsächlich in der folgenden Woche abgemeldet. Wenn sein Vater sich nicht eingemischt hätte, hätte Abdul vielleicht noch länger bei uns mitgekickt. Aber so war es auch in Ordnung. Fußball war einfach nicht seine Sportart.

Im Laufe der Vorrunde kam Antonio zu uns ins Training. Er war ein ordentlicher Spieler, aber hatte noch nie in einer richtigen Mannschaft gespielt. Das sah man an seinem taktischen Verhalten, er lief immer dahin, wo der Ball war. Im Training lernte er schnell dazu und hielt sich an meine Anweisungen, also nominierte ich ihn, sobald sein Spielerpass da war, für das nächste Spiel.

Antonios Vater war dabei und stellte sich auf die gegenüberliegende Seite des Spielfeldes. Als ich Antonio einwechselte sagte ich ihm, dass er in erster Linie defensiv spielen solle, sich aber auch immer mal wieder in die Offensive einschalten könne. „Denk immer daran, auch hinter dich zu schauen, da könnte sich ein Gegenspieler in deinem Rücken freilaufen", gab ich ihm mit auf den Weg. Antonio nickte.

Kaum war Antonio auf dem Platz, fing sein Vater an zu rufen: „Antonio geh vor, was machst du da hinten?" „Geh ins Dribbling, such den Torabschluss!" „Mann, was willst du da hinten? Das Tor ist da vorne!" Antonio schaute zu seinem Vater, dann zu mir, dann lief er nach vorne. „Antonio, wo sollst du spielen?", rief ich jetzt. Antonio schaute zu seinem Vater, dann zu mir, dann ging er wieder zurück auf seine Position. „Antonio geh vor, da hinten hast du nichts zu suchen", rief sein Vater wieder. Jetzt reichte es mir. Ich habe zwar keine besonders laute Stimme, aber bis zu Antonios Vater würde ich es schon schaffen. „Taktische Anweisungen gebe nur ich", rief ich quer übers Feld. „Du hast doch keine Ahnung", kam es zurück. Mir blieb nichts anderes übrig, als Antonio wieder auszuwechseln. Der arme Junge war völlig konfus.

„Auf wen sollst du hören?", fragte ich Antonio, der den Tränen nahe war. „Auf dich, du bist mein Trainer", antwortete er. „Aber das andere ist mein Vater. Der macht mir zu Hause die Hölle heiß, wenn ich nicht mache, was er sagt. Den sehe ich jeden Tag, dich nur dreimal die Woche." Antonios Vater kam zu uns gelaufen. „Was soll das? Warum hast du ihn wieder ausgewechselt?", fragte er.

„Ganz einfach", sagte ich ruhig. „Taktische Anweisungen gebe nur ich. Er soll hinten spielen, wir brauchen auch Verteidiger. Wenn du ihn ständig nach vorne schickst und noch andere taktische Sachen reinrufst, weiß er gar nicht mehr, was er machen soll." „Antonio ist kein Abwehrspieler", sagte sein Vater aufgebracht. „Wenn er hinten spielen muss, melde ich ihn sofort ab. Mach den Pass fertig, wir gehen woanders hin!"

Im nächsten Training sprach ich nochmal mit Antonio, aber die Lage war unverändert. Antonio hätte jede Position für mich gespielt und er war nun mal defensiv stärker als offensiv. Aber sein Vater wollte ihn Tore schießen sehen. „Tut mir leid", sagte Antonio traurig. „Ich werde abgemeldet. Du bist ein ganz toller Trainer und ich habe in der kurzen Zeit hier viel von dir gelernt. Aber jetzt muss ich woanders spielen. Wo, weiß ich noch nicht. Aber ich habe einen kleinen Bruder, Ernesto heißt der. Der ist erst fünf, aber das wird mal ein guter Spieler. Zur nächsten Saison soll er hier anfangen. Vielleicht trainierst du ihn irgendwann mal. Aber jetzt muss ich gehen, mein Bus fährt gleich." „Alles Gute", sagte ich, „und sag deinem Vater, dass er dich dein Spiel spielen lassen soll."

So verlor ich zwei Spieler innerhalb kurzer Zeit, weil sich die Väter zu wichtig nahmen. Ich habe nichts gegen Eltern, die ihre Jungs anfeuern und die Mannschaft unterstützen. Engagierte Eltern braucht jede Mannschaft. Aber es muss immer klar sein, wer welche Kommandos gibt. Und die taktische Ausrichtung gibt nun mal der Trainer vor und nicht die Eltern.

Multi-Kulti in Finthen

Anfang der 1990er Jahre tobte der Balkankrieg. Die Republik Jugoslawien, lange Jahre von Tito mit eiserner Hand zusammengehalten, zerfiel in ihre Einzelteile. Serben, Bosnier und Kroaten schlugen sich gegenseitig die Köpfe ein und das Kosovo wurde wieder einmal zum Zankapfel zwischen Serbien und Albanien, was sich bis heute nicht geändert hat. Natürlich gab es auch damals einen Flüchtlingsstrom nach Deutsch-land, der uns zahlreiche Kinder aus dieser Region in die Stadt und somit auch in den Verein brachte. Die Integration dieser Jungs war jetzt natürlich eine unserer Hauptaufgaben. Fußball spielen konnten viele der Neuankömmlinge, aber am Anfang war die Sprachbarriere noch sehr hoch. Die Kinder sprachen kein Deutsch, Englisch hatten sie in der Schule nicht gelernt und Serbokroatisch konnte keiner von uns Deutschen. Es war erstaunlich anzusehen, wie schnell zumindest eine grundlegende Kommunikation möglich war. Da taten die Schulen natürlich ihr

Übriges, denn der Unterricht fand selbst-
verständlich auf Deutsch statt.

In meine Mannschaft kamen Dusan aus
Serbien, Dragan aus Bosnien und Anas
aus Kroatien. Albin aus dem Kosovo war
schon ein Jahr hier. Er sprach allerdings
nur Albanisch und Deutsch und konnte
somit nicht als Dolmetscher aushelfen.
Und diese vier waren bei weitem nicht
die einzigen Ausländer, die bei mir in der
Mannschaft spielten. Da Finthen zwei
Brennpunktviertel mit hohem Auslän-
deranteil hat, spielten in meinem Team
mehr Ausländer als Deutsche. Sie kamen
aus den üblichen Gastarbeiterländern
wie Polen, Griechenland und der Türkei
(ich hatte übrigens keinen Italiener in
dieser Mannschaft), aber auch aus so ty-
pischen Fußballnationen wie Marokko,
Zypern, Israel, den USA, Afghanistan
und dem Iran. Mehr Multi-Kulti geht
nicht. Juden, Christen und Moslems aus
Staaten, die sich teilweise als erbitterte
Feinde auf den Schlachtfeldern dieser
Welt gegenüberstanden. Und sie spielten
alle zusammen und hatten keinerlei

Probleme miteinander. Hier funktionierte der Sport tatsächlich als verbindendes Element zwischen Kulturen, Sprachen und Nationalitäten. Jeder brachte sich im Sinne der Mannschaft mit seinen Stärken ein, der Teamgeist war groß und wir hatten im Training eine Menge Spaß.

Ein kurzer Blick auf unsere internationale Aufstellung vor einem beliebigen Punktspiel:
Im Tor stand Thomas (Deutschland), die Abwehr bildeten Mohammed (Marokko), Albin (Kosovo) und Thorsten (Deutschland), im defensiven Mittelfeld spielten Dimitrios (Zypern) und Dragan (Bosnien), die offensive Dreierreihe bestand aus David (Israel), Burak (Türkei) und Dusan (Serbien) und im Sturm spielten Orhan (Türkei) und Joshua (Deutschland).

Und wir waren beileibe nicht die einzige Mannschaft in Finthen, die so bunt zusammen-gewürfelt war. Zum Sommerfest des Vereins fertigten wir eine Collage an, auf der wir alle Fahnen der

Herkunftsländer unserer Spieler anbrachten und die Namen der Spieler dazu schrieben. Wir hatten Kinder aus 56 Ländern im Verein. Aus fast jedem Land trat ein Spieler nach vorne und stellte uns sein Heimatland vor. Entweder trug er eine landestypische Tracht, oder brachte eine Speise aus diesem Land mit. Eine Gruppe Musiker aus Rumänien spielte Volksmusik. Auch Klänge aus Südamerika hätten wir gerne gehört, aber die kolumbianische Musikgruppe hatte leider kurzfristig abgesagt.

Einige Familien blieben nur kurz in Deutschland, andere Spieler von damals leben heute noch hier und sind immer noch im Verein tätig. Wir haben im Moment einen Jugendleiter, der damals aus Polen zu uns kam, sein Stellvertreter kam aus Albanien. Sie haben längst eine eigene Familie und ihre Kinder spielen jetzt auch für die Fontana.

Was wurde aus meinen Flüchtlingskindern?

Viele Flüchtlingsfamilien gingen nach Kriegsende zurück in ihre Heimat, einige blieben hier, oder zogen weiter durch die Welt. So wie Anas' Familie. Nach nur einem Jahr in Deutschland zogen sie nach Australien. Es hatte Verwandte bei der Flucht vor dem Krieg dorthin verschlagen und sie hatten die Gelegenheit, zu ihnen zu ziehen.

Mitte der Rückrunde kam Dragan im Training auf mich zu. „Ich kann nicht mehr lange bei euch spielen", sagte er traurig. „Was ist denn los?", fragte ich. „Wir werden abgeschoben, ich muss nach Kroatien." „Aber warum das denn? Du bist doch bestens integriert und bist wichtig für die Mannschaft", war ich erstaunt. „Ja, aber meine Eltern arbeiten nicht, wir leben von Sozialhilfe. Die Behörden haben gesagt, dass es in Kroatien sicher ist und dass wir dorthin zurückgehen müssen." „Aber kommst du nicht aus Bosnien?", fragte ich ungläubig. „Ja, aber in Kroatien ist kein Krieg mehr, da ist es sicher. Wir müssen dorthin. Hoffentlich kann ich wenigstens die Saison noch zu Ende spielen", erklärte Dragan mir. Das konnte er zum Glück. Aber richtig verabschieden konnten wir uns nicht mehr von ihm. Er wollte eigentlich noch zur Abschlussfeier kommen, aber er kam nicht mehr. Einen Tag vorher musste seine Familie Deutschland verlassen. Dragan war ein wichtiger Spieler im Mittelfeld. Technisch zwar nicht der Beste, aber ein großer Kämpfer mit viel Willenskraft und einer guten Kondition. Sein Verlust wog schwer. Ich hatte keine Telefonnummer von ihm, also keine Möglichkeit, nochmal irgendwie in Kontakt mit ihm zu treten.

15 Jahre später saß ich am PC und blätterte kreuz und quer durch Facebook, als plötzlich eine Freundschaftsanfrage aufploppte: „Dragan Potoljak möchte mit dir befreundet sein". Mir lief es eiskalt den Rücken runter, ich hatte einen Kloß im Hals. Es gab Dragan also noch und er kannte mich noch. Ich klickte sofort auf „Anfrage bestätigen". Aber sollte ich ihm

etwas schreiben? Sprach Dragan überhaupt noch Deutsch? Ich unternahm nichts mehr und verließ Facebook. Als ich am nächsten Tag wieder reinschaute, fand ich eine lange Nachricht von Dragan im Chat. In fehlerfreiem Deutsch schrieb er mir, dass er in Zagreb lebt und als Deutschlehrer arbeitet. Er spielte noch Fußball, war in Kroatien in mehreren Vereinen, aber bei uns war es am schönsten. Er war verlobt und wollte bald heiraten, ein Haus auf dem Land bauen. Seine Freundin war Grundschullehrerin. Dann wollte er wissen, was ich so mache und ob ich noch Trainer wäre. Wir schrieben ein paarmal hin und her, ich lud ihn nach Mainz ein. Aber er sagte, er würde nicht so gut verdienen und könnte sich die Reise nicht leisten. Inzwischen ist Dragan verheiratet, hat zwei Kinder und lebt im selbstgebauten Haus auf dem Land. Er arbeitet jetzt auch an einer Grundschule. Wir sind nach wie vor in Kontakt, allerdings geht es kaum über Glückwünsche zum Geburtstag hinaus. Ganz selten schreiben wir uns mal etwas mehr. Aber trotzdem ist es schön, den Kontakt wieder hergestellt zu haben.

Albin wohnte noch lange bei seinen Eltern in Finthen ganz in meiner Nähe. Wir trafen uns öfter beim Einkaufen und waren natürlich auch über Facebook miteinander verbunden. Irgendwann war er beruflich öfter unterwegs und vor ein paar Jahren schrieb er mir, dass er jetzt nach München zieht. Seitdem habe ich nichts mehr von ihm gehört oder gelesen.

Dusan spielte noch zwei Jahre bei mir. Erst als ich eine jüngere Mannschaft übernahm, verlor ich den direkten Kontakt zu ihm. Ganz selten telefonierten wir miteinander, aber auch das schlief ein, als er bei seinen Eltern auszog. Eine Handynummer von ihm hatte ich nicht. Nach etwa 10 Jahren ohne Kontakt war es auch hier Facebook, worüber wir uns wiederfanden. Dusan wohnte immer noch in der Nähe und spielte regelmäßig Pokerturniere. Ich fragte ihn, wo man in der Gegend spielen konnte. Immer nur am Computer zu pokern war mir irgendwie langweilig geworden, ich wollte kleinere Liveturniere mit geringen Einsätzen spielen. Dusan nannte mir zwei Gruppen, in denen er gelegentlich mitspielte. Ich ging zu beiden Gruppen, die ihre Turniere in Wiesbaden austrugen und spielte ein paarmal mit. Dusan war nicht anzutreffen. Ich schrieb ihn an und wir verabredeten uns zum Turnier zwei Wochen später. Dort sahen wir uns also nach vielen Jahren wieder. Dusan war dick geworden, hatte mit Sport nicht mehr viel am Hut. „Fitnessstudio, Krafttraining, ich habe mal geboxt", zuckte er mit den Schultern. „Jetzt wiege ich 100 Kilo, da ist nichts mehr mit Fußball." Er arbeitete als Fliesenleger und wohnte jetzt in Wiesbaden. Wir spielten drei Turniere miteinander, beim letzten Turnier warf er mich raus. Ich hatte gute Karten, er bessere – Pech gehabt. Dusan entschuldigte sich tausendmal bei mir, es war ihm sichtlich peinlich, dass ausgerechnet er mich rausgeschmissen hatte. Mir wäre es auch lieber gewesen, gegen jemand anderen auszuscheiden, aber so ist es nun mal. Ein paar Monate später schrieb Dusan mir, dass er jetzt eine

Freundin in Stuttgart hat und zu ihr zieht. Arbeit hätte er dort auch gefunden. Ich hörte nie mehr etwas von ihm, auch sein Facebookprofil war plötzlich gelöscht. Schade, aber immerhin war auch hier nach dem Fußball nochmal Kontakt.

Joshua – Vom Stürmer zum Verteidiger

Thorsten musste zur neuen Saison in der Abwehr ersetzt werden. Ich probierte einige Spieler in den Testspielen aus, aber so richtig überzeugen konnte keiner. Entweder waren die Kandidaten zu langsam, oder nicht zweikampfstark genug. Dazu kommt, dass alle Kinder sehr gerne Tore schießen wollen, dass aber Defensivspieler Mangelware sind. Richtig überzeugte Verteidiger findet man nur selten, Thorsten war so einer, aber er war jetzt in der C1.

Da wir im Sturm durch Neuzugang Ole gut verstärkt wurden, fragte ich Joshua, ab er sich vorstellen könne, es mal hinten zu versuchen. „Du bist schnell und bissig, gewinnst viele Zweikämpfe und du weißt als Stürmer, wo ein Stürmer hinläuft und welche torgefährlichen Räume du abdecken musst", sagte ich zu ihm. „Ja, das stimmt", antwortete Joshua. „Na gut, wenn es unbedingt sein muss, dann probiere ich es halt mal." Überzeugt war er nicht, aber immerhin gab es keine große Diskussion.

Es war das erste Saisonspiel, also es ging gleich um etwas. Joshuas Gegenspieler war schnell, aber technisch nicht gut. Er wurde von seinen Teamkollegen immer wieder steil geschickt und sollte die Bälle erlaufen und ablegen. Joshua konnte es läuferisch mit ihm aufnehmen und war meistens vor ihm am Ball. Aber wohin sollte er ihn jetzt abspielen? Als Stürmer gab es den Torabschluss, aber als Verteidiger? Den ersten Ball drosch er einfach ins Aus. Den zweiten Ball wollte er quer zu Albin spielen, spielte ihn aber zu kurz, sein Gegenspieler spritzte dazwischen und schoss direkt aufs Tor. Thomas hielt zum Glück. „Wenn ein Mittelfeldspieler frei ist, dann spiel den Ball zu ihm, ansonsten hau ihn so weit wie möglich nach vorne. Nur hinten quer geht gar nicht", rief ich Joshua zu. Er nickte. In der 2.Halbzeit hatte er einen anderen Gegenspieler. Klein und wuselig, der ihn immer wieder ausspielte. Joshua kam an seine Grenzen, schaute fragend zu mir raus. „Deck den Raum zu unserem Tor ab und warte, bis er den Ball an dir vorbeilegen

will. Dann geh mit dem Fuß dazwischen",
riet ich ihm. Joshua lernte schnell dazu,
bekam auch diesen Gegenspieler gut in
den Griff, wir gewannen durch ein spätes
Tor von Dragan mit 1:0 und Joshua hatte
seine Feuertaufe als Verteidiger bestanden.

Und, wie hast du dich gefühlt?", fragte
ich ihn nach dem Spiel. „Ey, das hat echt
voll Spaß gemacht, das mache ich jetzt
immer", strahlte Joshua. „Du hattest
Recht. Als gelernter Stürmer weiß ich,
wie ein Stürmer denkt. Dadurch bin ich
immer im Vorteil. Und den Rest lerne ich
noch." Glück gehabt – ich hatte meinen
Verteidiger gefunden. Und Joshua ge-
wöhnte sich schnell an seine Aufgaben
im Spielaufbau, kurbelte auch immer
wieder Angriffe über den rechten Flügel
an und war dank seiner Schnelligkeit
bald mehr als nur ein Ersatz für Thorsten, er war insgesamt gesehen sogar besser.

Und wie erging es Thorsten in der C1? Er
saß dort nur auf der Ersatzbank, hatte

den einen oder anderen Kurzeinsatz und war überhaupt nicht glücklich.

In der Winterpause kam ich mit dem C1-Trainer überein, dass es für Thorsten wohl besser wäre, wenn er zu mir zurückkommen würde. Aber spielte er dann bei mir regelmäßig? Joshua war hinten rechts gesetzt und Mohammed hinten links. Zentral spielte Kapitän Albin und vor der Abwehr waren Dimitrios und Dragan ein eingespieltes Duo. Was tun? Zuerst musste ich Thorsten klarmachen, dass eine Rückkehr zur C2 kein Abstieg für ihn ist, sondern eine Chance auf mehr Spielpraxis. Das sah er ein, war aber trotzdem enttäuscht. Es half ihm sehr weiter, dass sein guter Kumpel Alex, ein Torwart, der ein gutes Jahr Pause gemacht hatte, wieder anfangen wollte und dies natürlich bei mir in der C2 tat. Die beiden waren sofort wieder voll ins Team integriert, jetzt brauchten sie aber auch Spielpraxis. Da Mohammed schnell und konditionsstark war, konnte ich ihn auf den Flügeln einsetzen. Also spielte Thorsten wieder linker Verteidiger. Alex bekam seine Spielpraxis, wenn das Spiel entschieden war und ich Thomas aus dem Tor nehmen konnte.

Im Rückrundenspiel gegen Drais war Ole krank und Orhan hatte keine Zeit, ich stand also ohne etatmäßigen Stürmer da. Jetzt war es natürlich praktisch, dass ich zwei ehemalige Stürmer im Kader hatte, die jetzt auf anderen Positionen zu Hause waren. „Thomas und Joshua, heute dürft ihr mal wieder stürmen", sagte ich vor dem Spiel. „Alex geht ins Tor und Thorsten und Mohammed spielen Außenverteidiger." „Ich habe so lange nicht mehr im Sturm gespielt, ich kann das gar nicht mehr", stöhnte Thomas. „In unseren Trainingsspielchen klappt es doch auch", erwiderte ich. „Du hast die Kondition und den Torriecher. Außerdem ist Drais schwach, da kann ich mir diesen Versuch leisten." Joshua war auch etwas mulmig. „Jetzt habe ich mich gerade an meine neue Position gewöhnt, jetzt muss ich die alte wieder spielen. Hoffentlich klappt das, als Stürmer steht man mehr unter Druck als als Verteidiger." „Du machst das schon", ermutigte ich ihn. „Tore schießen verlernt man nicht." Ob ich beide Umstellungen gegen einen stärkeren Gegner auch vorgenommen hätte? Ich weiß es nicht. Aber gegen Drais funktionierte es gut. Gleich den ersten Steilpass aus dem Mittelfeld erlief Joshua, spurtete seinem Gegenspieler davon und traf flach ins lange Eck. Er hatte also nichts verlernt. Nach einem Eckball gab es kurz später ein Gewühl im Strafraum, Thomas reagierte am schnellsten und staubte einen Abpraller zum 2:0 ab. Somit hatten nach fünf Minuten Spielzeit beide Aushilfsstürmer getroffen. Es war zum Leidwesen der völlig überforderten Draiser ein Scheibenschießen auf ihr Tor. Ich gab auch meinen Ersatzspielern viel Einsatzzeit und wir gewannen am Ende 12:0. Joshua erzielte vier Tore, Thomas drei, Mohammed zwei und Jan, Albin und Dragan je eins.

Den Rest der Saison spielte Joshua dann wieder hinten und Thomas im Tor, doch zumindest was Joshua anging, stand die Rückkehr in den Sturm bevor. Ole musste zur nächsten Saison in die B-Jugend und ich brauchte Joshua wieder vorne. Da auch Alex in die B-Jugend musste, hatte Thomas seinen Platz im Tor weiter sicher und war konkurrenzlos.

Am Ende der Saison stand mit einer Mannschaft aus dem jüngeren Jahrgang ein beachtlicher 5.Platz. Wenn man bedenkt, dass ein Großteil dieses Teams vor zwei Jahren Vorletzter geworden war, konnte man nur den Hut vor der Entwicklung ziehen, die die meisten dieser Jungs in der Zwischenzeit durchgemacht hatten.

Krieg und Frieden

Da sich für die C1 keine vereinsinterne Lösung fand, wurde mit Marcel ein neuer Trainer verpflichtet. Marcel trainierte in den letzten beiden Jahren zusammen mit seinem Bruder Daniel die C1 von Schott. Während Daniel mit den Jungs in die B-Jugend ging, suchte Marcel eine neue Herausforderung und kam zu uns nach Finthen. Er war drei Jahre jünger als ich und wirkte auf den ersten Blick ziemlich hochnäsig auf mich. Das änderte sich, als wir uns das erste Mal unterhielten und feststellten, dass wir doch ganz gut miteinander auskamen. Als sich herausstellte, dass wir beide begeisterte Fans des 1.FC Köln sind, stand einer Freundschaft nichts mehr im Weg. Zumal wir als C1- und C2-Trainer ja auch zusammenarbeiten mussten.

Marcel setzte drei Sichtungstrainings an, zu denen er alle Spieler einlud, die in der C-Jugend spielen durften. Natürlich witterten auch einige meiner Spieler die Chance auf einen Kaderplatz in der C1 und gingen hin. Das gefiel mir überhaupt nicht, da ich meine Kaderplanung für die kommende Saison schon abgeschlossen hatte und niemanden verlieren wollte. Von den Feldspielern kamen Albin und Joshua in die engere Wahl. Natürlich hatte Joshua Marcel erzählt, dass er hinten und vorne spielen kann. Solche Spieler werden in jeder Mannschaft gebraucht, also kam er in den erweiterten Kader und fehlte mir für die Vorbereitungsspiele. Albin schaffte direkt den Sprung in die C1, mein Kapitän war also weg. Auch auf Thomas hatte Marcel ein Auge geworfen. Aber ich konnte doch meinen einzigen Torwart nicht abgeben. Ich sprach mit Thomas und machte ihm meinen Standpunkt klar. Thomas versicherte mir, dass er bei mir bleiben wollte. „Lieber bei dir Stammtorwart, als bei der C1 auf der Bank sitzen", sagte er. Ich war beruhigt.

Kurz vor Saisonbeginn kam es dann aber anders. Thomas hatte hinter meinem Rücken weiter bei der C1 trainiert und von Marcel angedeutet bekommen, dass er die Nummer Eins sein würde. Als

Thomas dann bei mir nicht mehr im Training aufkreuzte, sprach ich Marcel an. „Thomas spielt bei mir", sagte er. „Er hat doch schon mit dir gesprochen, oder? Zumindest hat er mir das gesagt." „Überhaupt nichts hat er", entgegnete ich fassungslos. „Mir hat er gesagt, dass er auf jeden Fall bei mir bleibt." Aber es blieb dabei, Thomas ging in die C1 und ich stand ohne Torwart da.

Zum Glück hatte ich Andreas. Er stand bereits in den letzten Trainingseinheiten aushilfsweise im Tor, weil er als Feldspieler keine Chance hatte und machte seine Sache richtig gut. Er war groß und kräftig, hatte gute Reaktionen und strahlte eine unglaubliche Ruhe aus. Mit ihm konnte ich also in die Saison gehen. Aber die Sache mit Thomas beschäftigte mich doch sehr, ich war vor allem menschlich tief enttäuscht von ihm und seinem Verhalten. Ich ließ mich im Training zu einigen bösen Kommentaren über Thomas hinreißen. Ich stellte auch meine Schadenfreude offen zur Schau als ich sah, dass Thomas ab dem dritten Saisonspiel nur noch Ersatztorwart bei der

C1 war. „Dieser Wechsel hat sich voll ge-
lohnt", ätzte ich. „Du siehst was passiert,
wenn man glaubt, besser zu sein als man
tatsächlich ist", sagte ich zu Joshua, der
den Sprung in den C1-Kader letztlich
doch nicht geschafft hatte. „Sei doch
nicht so, ihr habt euch doch richtig gut
verstanden", beruhigte mich Oscar, der
mittlerweile Kapitän war. „Vielleicht
brauchst du ihn irgendwann nochmal."
Doch ich war stinksauer. „Der spielt
keine Minute mehr für mich", polterte
ich.

Doch erstens kommt es anders...

In der Winterpause hatten wir uns für
drei Hallenturniere angemeldet. Drei
Tage vor dem ersten dieser Turniere verletzte sich Andreas im Training und war
nicht einsatzfähig. Ich fragte alle Feldspieler, ob sie ins Tor gehen wollten, aber
alle schüttelten den Kopf. „Frag doch
Thomas, in der Halle darf er ja für uns
spielen", schlug David vor. „Der ist für
mich gestorben", blieb ich hart, obwohl
ich natürlich auch schon in diese Richtung gedacht hatte. Der Torwart der

D-Jugend war keine Option, weil die D-Jugend an diesem Tag auch ein Turnier hatte. Da sich meine Feldspieler weiterhin weigerten, blieb mir nichts anderes übrig, als doch Kontakt zu Thomas aufzunehmen. Ich hatte so böse über ihn gesprochen, würde er wirklich zusagen und sich bei uns ins Tor stellen? Ich ließ Thomas über Oscar ausrichten, dass er am Freitag ins Training kommen sollte. Die beiden sahen sich in der Schule, das war der kürzeste Weg. Thomas war dann auch tatsächlich da. Ich schilderte ihm kurz unsere Situation. „Ich weiß, Oscar hat mir alles gesagt", sagte Thomas ruhig. „Nach allem, was ich in meiner Wut über dich gesagt habe – bist du trotzdem bereit, morgen auszuhelfen?", fragte ich vorsichtig. „Klar, dann kann ich bei euch Spielpraxis sammeln", war Thomas sofort bereit. Wir sprachen uns kurz aus, Thomas räumte ein, dass er sich im Sommer mir gegenüber nicht fair verhalten hatte und ich entschuldigte mich für meine Verbalattacken in seine Richtung. Dann streckte ich ihm die Hand hin und fragte ihn, ob wir uns wieder vertragen wollten. Thomas schlug sofort ein. Unglücklicherweise fand das alles vor der versammelten Mannschaft statt, sah unheimlich nach Show aus. „Umarmt euch, küsst euch", riefen einige meiner Spieler.

„Schnauze – es war wichtig, diese Sache aus der Welt zu schaffen", wurde ich deutlich.

Thomas spielte letztlich alle drei Hallenturniere für uns und wir pflegten weiterhin ein freundschaftliches Verhältnis zueinander, auch wenn Thomas jetzt immer in den Einsermannschaften spielte und ich die Zweiermannschaften trainierte. Bei den Turnieren vor und nach der Saison und in der Halle konnte er ja für meine Mannschaft spielen und tat das auch immer wieder gerne.

Eine Altersklasse voller Herausforderungen

Wir kamen jetzt in die B-Jugend und damit in eine besonders schwierige Phase. Die Jungs waren mittlerweile 15 Jahre alt und hatten viele Dinge im Kopf. Für die Hauptschüler war die Schulzeit vorbei und die Lehre oder Ausbildung begann. Die Realschüler hatten ihr letztes Schuljahr vor sich, auch hier ging es so langsam um Ausbildungsplätze. Dazu kamen die allgemeinen Themen wie Partys, Mädchen und dadurch auch erste Liebschaften und Liebeskummer, Mopedführerschein und teilweise auch eine totale Null-Bock-Mentalität. Zudem wurde über alles diskutiert, keine meiner Entscheidungen blieb unkommentiert, alles musste ich begründen. In diesem Alter herrscht auch eine große Fluktuation, viele Jugendliche haben keine Zeit oder keine Lust mehr auf Fußball, Mannschaften werden abgemeldet, die Spieler, die weiterspielen wollen, müssen sich einen neuen Verein suchen und neu integrieren. Das war bei meiner Mannschaft nicht anders. Auch hier ging es teilweise drunter und drüber. Aber wenn man sich mit seinen Jungs gut versteht, was bei mir der Fall war, kann diese Zeit auch eine sehr schöne und intensive Zeit sein, in der man viel von dem zurückbekommt, was man in den Jahren vorher investiert hat. Man muss halt eine klare Linie vorgeben und sich natürlich auch selbst daran halten und seine Prinzipien vorleben. Hier sind die für mich wichtigsten Punkte meiner Fußballphilosophie:

- Flexibilität und Variabilität

Ich habe von Anfang an versucht, meine Spieler dahingehend auszubilden, dass sie mindestens zwei verschiedene Positionen spielen können. Das waren in der Regel artverwandte Positionen wie zentral defensives und zentral offensives Mittelfeld oder Flügelspieler offensiv (Mittelfeld Außenbahn und Außenstürmer) oder defensiv (Mittelfeld Außenbahn und Außenverteidiger). Dann gab es zum Glück auch immer Spieler, die Positionen mit grundverschiedenen Aufgaben spielen konnten wie Joshua, der Verteidiger und Stürmer spielen konnte oder Thomas, der seinen angestammten Platz im Tor auch gerne mal mit dem im Sturmzentrum tauschte. So konnte ich leicht auf kurzfristige Ausfälle oder sogar auf Abgänge reagieren, ohne auf einer Position einen größeren Qualitätsverlust zu haben.

- Schulung des schwachen Fußes

„Ich kann nur mit rechts" oder „Ich kann nur mit links" gibt es bei mir nicht. Schon in den frühen Jahren geht es bei mir mit der Schulung des schwachen Fußes los. Dribblings um Hütchen geht immer nur rechts-links abwechselnd. Hin und wieder mal Außenrist-Innenrist mit demselben Fuß. Torschuss generell abwechselnd eine Runde mit rechts, eine Runde mit links. Und wenn es mit einem Fuß gar nicht klappt, dann wird halt nur mit diesem Fuß geschossen. Und wenn jemand den schwachen Fuß umläuft, wird der Ball so weit rüber aufgelegt, dass der

Spieler doch den schwachen Fuß nehmen muss. Flanken sollten zumindest ungefähr beim Mitspieler ankommen, wenn sie mit dem schwachen Fuß geschlagen werden.

Emilio war ein Stürmer, der grundsätzlich mit rechts abschloss. Das hatten die Verteidiger ganz schnell raus, stellen den rechten Fuß zu und Emilio war aus dem Spiel. Dann ließ ich ihn im Training wochenlang nur mit links aufs Tor schießen. Irgendwann hörte er auf zu überlegen und setzte auch im Spiel den linken Fuß zum Torabschluss ein. Nachdem er seine ersten beiden Tore mit links erzielt hatte, war Emilio nicht mehr zu halten. Er war unberechenbar für seine Gegenspieler und traf fast nach Belieben.

Das sollten sich auch die Herren Profis mal angewöhnen. Ich bekomme jedes Mal zu viel, wenn ich Reporter sagen höre, dass Spieler X den linken Fuß nur hat um nicht umzufallen, oder dass er den Ball unbedingt auf rechts braucht. Das sind Millionäre, die den ganzen Tag nichts anderes machen als Fußball spielen. Wo ist da das Problem, den schwachen Fuß zu trainieren?

- Konditionstraining

Bis zur D-Jugend braucht man das nicht, da laufen die Kinder noch von selbst und sind nicht müde zu bekommen. Aber mit Einsetzen der Pubertät lässt dieser natürliche Bewegungsdrang plötzlich nach und die Ausdauer muss richtig trainiert werden. Das macht fast niemand gerne, vor allem das Laufen ohne Ball. Die Jungs hassten mich – ich war Langstreckenläufer und scheuchte sie regelmäßig durch Feld und Wald. Einige Ehrgeizige sind aber auch in jeder Mannschaft zu finden. Sie können vom Konditionstraining nicht genug bekommen und fordern das auch ein. Das lässt sich dann durch Extraschichten regeln. Wichtig ist, dass die Jungs einen Sinn in diesen Trainingseinheiten sehen. Die Grundlagenausdauer ist die eine Seite, das Fußballspezifische wie kurze Antritte und Sprints über 10-15 Meter ist die andere Seite.

Das wird von den meisten Spielern ohne großes Murren absolviert.

Meine B-Jugendspieler hatten ihr Aha-Erlebnis im Laufe der Vorrunde. Was hatten sie geflucht, als ich sie im Sommer laufen gelassen habe. Aber als sie in den ersten Spielen sahen, dass die Gegner ab der 60.Minute nachließen und sie selbst noch fit waren und einige Spiele in der Schlussphase noch drehen konnten, waren sie zufrieden. In der Wintervorbereitung hatte ich keinerlei Probleme mehr, da sind sie fast von selbst ihre Feldrunden gelaufen. Ich hatte sie also im Sommer davon überzeugt, dass Konditionstraining sinnvoll ist.

- Pünktlichkeit, Zuverlässigkeit, Disziplin

Das sind natürlich grundlegende Dinge, die in jeder Altersgruppe funktionieren müssen. Bei den Kleinen müssen vor allem die Eltern dahin-gehend sensibilisiert werden, dass sie ihre Sprösslinge pünktlich zum Training und den Spielen bringen, später liegt es dann an den Jungs selbst. In diesem Alter kehrt bei vielen gerne mal der Schlendrian ein. Es ist aber für eine funktionierende Mannschaft wichtig, dass sich einer auf den anderen verlassen kann. Für mich ist besonders Pünktlichkeit wichtig. Wenn um X Uhr Training ist, sollten alle um 10 Minuten vor X am Sportplatz sein. Umziehen, allgemeines Austauschen von Neuigkeiten und dann kann das Training pünktlich beginnen.

Disziplin bedeutet für mich natürlich auch, sich in den Ligaspielen auf dem Platz vernünftig zu verhalten. Hier ist die B-Jugend der Übergang vom Kinderfußball zum Männerfußball. Während in

der C-Jugend noch weitestgehend „ehrlicher" Fußball gespielt wird, also fair und ohne Tricks, fängt in der B-Jugend das Ziehen und Halten, das Provozieren und Beleidigen an, Fouls im Rücken des Schiedsrichters kommen immer wieder vor, die Emotionen schaukeln sich hoch, es kann hitzig und hektisch werden. Hier muss man Ruhe bewahren und darf sich nicht in einen Negativ-strudel mitreißen lassen. Das ist leicht gesagt, die Charaktere sind unterschiedlich und manch einer hat eine kurze Zündschnur. Aber auch hier gilt: Wenn sich alle untereinander unterstützen und zusammenhalten, können auch solche Situationen ohne größeren Flurschaden überstanden werden. Natürlich hatte auch ich einige Rotsünder zu beklagen, denen die Nerven durchgegangen sind. Aber sie waren einsichtig und ich hatte niemanden, der zweimal vom Platz geflogen ist.

- Stärkung der Individualität

Natürlich gab ich jedem Spieler Vorgaben, was ich von ihm auf seiner Position erwartete. Trotzdem durfte jeder seine Position auch individuell gestalten. Wenn der rechte Verteidiger meinte sich häufig ins Mittelfeld einschalten zu müssen, sollte er es tun. Vorausgesetzt, er war bei Ballverlust rechtzeitig hinten, um den Gegenangriff zu verteidigen. So sind zwar einige Gegentore gefallen, aber der Spieler hat entweder die passende

Mischung aus Defensive und Offensive von selbst gefunden, oder saß immer öfter auf der Bank. Jeder Spieler durfte jeden Fehler machen, aber er musste daraus lernen und sollte denselben Fehler nicht zweimal machen.

Ich hatte auch einen Spieler, der so ballverliebt war, dass er am liebsten gar nicht abgespielt hätte. Eric war technisch extrem gut, setzte das aber nicht gewinnbringend für die Mannschaft ein, sondern berauschte sich an seinen Dribblings. Als er mal wieder nach tausend Haken und Übersteigern den Ball verloren hatte, wechselte ich ihn aus. „Warum wechselst du mich aus? Ich habe eben drei Mann auf dem Bierdeckel nassgemacht", fragte Eric mich fassungslos. „Du hast zehn Meter Raumverlust gemacht, zwei Möglichkeiten zum Abspiel verpasst und den Ball verloren", erklärte ich ihm die Auswechslung. „Das ist eine Zirkusnummer, die ich nicht brauche." „Aber hast du nicht gesehen, wie ich die schwindlig gespielt habe?", blieb Eric uneinsichtig. „Das darfst du ja gerne machen. Aber nur mit Raumgewinn und einem guten Pass zum Mitspieler oder einem ordentlichen Torabschluss am Ende", sagte ich. Hier trafen zwei Welten aufeinander. Bei allen individuellen Stärken, wir hier im Dribbling, steht immer die Mannschaft über allem. Da Eric das überhaupt nicht einsah, trennten sich unsere Wege ziemlich schnell.

- Spaß im Training

Bei allem Ehrgeiz darf der Spaß nicht zu kurz kommen. Einfach nur stur Inhalte vermitteln konnte ich nicht. Nur wer mit Freude ins Training kommt, ist offen für neue Informationen und ist auch bereit, sie umzusetzen. Und nur wer mit Spaß bei der Sache ist, ist auch bereit, bis an die Grenzen zu gehen. So habe ich es erlebt und auch von Spielern, die bei anderen Trainern waren, als Rückmeldung bekommen. Also machte ich zwischen den Übungen, in denen ich Neues vermitteln wollte, immer Torschusstraining oder kleine Spielchen. So blieben alle bei Laune. Bei anderen Trainern lernten die

Jungs sicher mehr, aber bei mir hatten sie mehr Spaß.

Das Torhüterduell

Für die nächste Saison standen mir zwei Torhüter zur Verfügung: Andreas, der letzte Saison Stammtorhüter war, und Alex, der ein Jahr älter als Andreas war und deshalb nur jede zweite Saison bei mir spielte.

Andreas war ein grundsolider Torwart, der ruhig agierte und immer souverän wirkte. Die halt-baren Bälle hielt er zuverlässig und bei den unhaltbaren konnte er halt nichts machen. Alex war als Fliegenfänger verschrien, der zwar an guten Tagen auch mal den einen oder anderen unhaltbaren Ball hielt, aber an schlechten Tagen jeden noch so harmlosen Ball ins Tor rutschen ließ. Letzte Saison war er nicht aktiv, da er mit seinem Trainer nicht zurechtkam.

Wie in jeder Saisonvorbereitung waren zunächst alle Plätze offen, jeder konnte sich für jede Position empfehlen, Stammplätze aus der vorherigen Saison zählten nicht mehr. Also kam es auch auf der Torwartposition zum Konkurrenzkampf. Während Andreas sich seiner Sache sehr sicher war – schließlich war er letzte Saison die klare Nummer Eins – und es erstmal ruhig angehen ließ, gab Alex vom ersten Training an Vollgas, schließlich musste er nach der Pause erst wieder richtig in den Trainingsbetrieb reinkommen.

Die beiden schenkten sich nichts, trainierten gut und machten es mir richtig schwer, vor dem Saisonstart eine Entscheidung zu treffen. Denn während man die Feldspieler immer wieder ein- und auswechseln konnte und somit jedem seine Spielpraxis geben konnte, ist das bei Torhütern immer so eine Sache. Jeder spielt anders und die Abwehrspieler müssen wissen, wer hinter ihnen steht und ob sie einen Rückpass spielen können, oder den Ball lieber wegschlagen sollten.

Zwei Wochen vor Saisonbeginn rief ich beide nach dem Training zu mir. Ich sagte: „Ihr trainiert beide ganz toll und seid absolut auf Augenhöhe. Ich weiß nicht, wen ich bei den Punktspielen ins

Tor stellen soll. Es gibt verschiedene Möglichkeiten. Entweder jeder spielt eine Halbzeit, oder einer von euch spielt die Heimspiele und der andere die Auswärtsspiele." Beide schüttelten den Kopf. „Du musst eine klare Nummer Eins bestimmen", sagte Andreas. Alex nickte. „Sehe ich auch so. Alles andere ist Blödsinn. Entweder habe ich dein Vertrauen, oder eben nicht." „Na gut", sagte ich, „ich denke nochmal nach und sage euch nächsten Mittwoch, wer im Tor steht. Dann ist immer noch das Freitagstraining zur Vorbereitung." Beide nickten.

Jetzt war ich in der Zwickmühle. Ich kannte beide schon länger und konnte sie charakterlich gut einschätzen. Wie würden sie mit ihrer Rolle als Nummer Zwei umgehen? Alex hatte sich vorletzte Saison bis zur Winterpause klaglos auf die Bank gesetzt und ordentlich trainiert, aber dann doch aufgegeben und sich eine Pause gegönnt. Andreas war noch nie Nummer Zwei, aber von seinem Charakter her war ich mir sicher, dass er sofort aufhören würde, wenn ich ihn nicht ins Tor stellte.

Alex hatte es mit seinen Trainingsleistungen absolut verdient, im Tor zu stehen. Zumal Andreas alles zu hochnäsig
angegangen war, frei nach dem Motto
„Was will der denn? Ich war die Nummer
Eins und es ist doch klar, dass ich das
auch bleibe". So hatte er im Training ab
und zu geschwächelt und nicht alles gegeben. Dass ich mich in den Spielen auf
ihn verlassen konnte, wusste ich. Und
dass Alex an schlechten Tagen jeden Ball
reinlässt, wusste ich auch. Und trotzdem
wollte ich ihn für seine Trainings-leis-
tungen belohnen. Aber wie konnte ich
das anstellen, ohne Andreas zu verlieren? Schließlich wollte ich mit zwei Torhütern durch die Saison kommen und
nicht nur mit einem.

Mittlerweile war der Spielplan veröffent-
licht worden. Und er war etwas kurios:
Nach den ersten beiden Punktspielen gegen Schott und Mombach folgte schon
das Rückspiel gegen Schott und dann die
erste Pokalrunde. Das brachte mich auf
eine Idee: Im Pokal lässt man ja gerne
mal den zweiten Torwart ran. Und wenn

ich den Einen die Hinrunde spielen lassen würde und den Anderen die Rückrunde, hätte jeder in den ersten vier Partien zwei Einsätze. Danach würde bis zur Winterpause der Hinrundentorwart spielen und danach der Rückrundentorwart, falls er nicht vorher schon aufgehört hätte.

Nach dem Mittwochstraining kamen beide Torhüter zu mir und fragten, wie ich mich entschieden hätte. „Ich bleibe dabei, dass ihr beide eine absolut ausgeglichene Vorbereitung absolviert habt und dass ich euch beide total auf Augenhöhe sehe", begann ich. Andreas schaute etwas ungläubig. Erst jetzt schien er zu realisieren, dass seine Nummer-Eins-Position am seidenen Faden hing. „Ihr habt den Spielplan ja auch gesehen", sagte ich. „Und deshalb habe ich mich jetzt wie folgt entschieden: Alex spielt die ersten beiden Punktspiele und wird die gesamte Hinrunde spielen. Andreas spielt das Rückspiel gegen Schott und eventuell das Pokalspiel und sitzt dann bis zur Winterpause auf der Bank. In der Rückrunde ist es dann umgekehrt, dann spielt Andreas und Alex sitzt auf der Bank – falls nichts Unvorhergesehenes passiert."

Die Reaktion der beiden war klar: Alex freute sich verhalten, Andreas schluckte. Das musste er erstmal verdauen. Jetzt kam es auf seinen Charakter an. Hatte ich recht mit meiner Vermutung, dass er aufhören würde wenn er nicht die Nummer Eins wäre, oder würde er seine neue Rolle annehmen?

Nicht nur Andreas war überrascht von meiner Entscheidung, auch die Mannschaft war etwas verwundert. Natürlich hatten alle gesehen, wie Alex sich im Training reingehängt hatte. Aber für alle war die Torwartposition so klar besetzt, dass niemand ernsthaft damit gerechnet hatte, dass ich Alex zumindest vorerst den Vorzug geben würde.

Die ersten beiden Spiele liefen ganz normal. Alex spielte ordentlich, Andreas saß auf der Bank. Wir verloren zwar beide Spiele, aber das lag daran, dass die Gegner einfach besser waren. Dann kam das Rückspiel gegen Schott, in dem Andreas spielte. Auch er brachte seine Leistung, auch er konnte unsere Niederlage nicht verhindern. Nach dem Spiel kam er dann zu mir. „So, jetzt bin ich für den Rest des Jahres raus, oder?", fragte er. „So ist es abgesprochen", antwortete ich. „Du spielst in der Rückrunde." „Alles klar", erwiderte er, „Sag mir Bescheid, wann die Wintervorbereitung startet. Ich habe keine Lust, mich auf die Bank zu setzen. Wenn Alex sich verletzt kannst du mich anrufen, dann komme ich. Ansonsten sehen wir uns nächstes Jahr wieder."

Hatte ich also recht, Andreas spielt entweder ganz oder gar nicht. Auch die Mannschafts-kameraden konnten ihn nicht umstimmen. Also spielte Alex das Pokalspiel und die gesamte Hinrunde. Pünktlich zum Vorbereitungsstart nach der Winterpause stand Andreas wieder auf dem Platz. „So, du hast ja gesagt, dass ich jetzt spiele. Da bin ich wieder", sagte er. „Ja, das hatten wir so abgesprochen", entgegnete ich. „Aber ich kann und will dich für dein Verhalten nicht belohnen. Einfach nicht mehr zu kommen, nur weil man nicht auf der Bank sitzen will, geht nicht. Damit hast du dich über die Mannschaft gestellt und die Jungs im Stich gelassen. Du musst schon um deinen Platz im Tor kämpfen", entgegnete ich. „Alex hat gut gehalten und wird seinen Platz zwischen den Pfosten nicht kampflos räumen."

Doch diesmal hatte ich mich getäuscht. Nach dem Training kam Alex zu mir. „Du weißt ja, dass ich im Sommer meine Ausbildung angefangen habe", begann er. „Die nimmt mich körperlich und mental voll mit. Ich habe die Hinrunde durchgezogen, weil ich die Nummer Eins war, aber jetzt spielt Andreas ja die Rückrunde. Da konzentriere ich mich lieber auf meine Ausbildung. Wenn ich es schaffe, komme ich samstags zu den Spielen und setze mich auf die Bank, aber ins Training komme ich nicht mehr." Was blieb mir anderes übrig, als das zu akzeptieren? Ich hätte gerne einen neuen Konkurrenzkampf gehabt, auch um zu sehen, wie Andreas ihn diesmal angehen würde. Aber so wurde der Platz im Tor kampflos vergeben.

Auch die Rückrunde verlief ohne besondere Vorkommnisse, wir beendeten die Saison im Mittelfeld und waren alle zufrieden. Andreas hatte seinen sicheren Platz im Tor wieder, Alex beendete seine Karriere. Aber alle hatten aus dieser Situation etwas gelernt – Harte Arbeit und Ehrgeiz zahlen sich aus und Überheblichkeit kann schnell nach hinten losgehen.

Spielverderber

Die Fluktuation in diesem Alter brachte auch bei uns Veränderungen im Team. Einige langjährige Spieler hatten aufgehört, dafür waren Spieler aus anderen Vereinen zu uns gewechselt. Tarik war der Cousin von Rawas, der schon letzte Saison bei mir gespielt hatte, und wechselte aus Hechtsheim zu uns. Er war ein schneller und torgefährlicher Stürmer und ergänzte sich gut mit Orhan und Joshua. Vorne konnte ich also gut rotieren. Für das Mittelfeld kam Michael aus Weisenau zu uns, der gleich eine zentrale Rolle übernahm. Nach einem Jahr in der C1 kam Albin zu uns zurück und organisierte die Abwehr.

Gleich der Saisonauftakt war etwas Besonderes: Zornheim hatte einen Rasenplatz bekommen und das Spiel gegen uns war das Eröffnungsspiel. Es war höchste Zeit, dass in Zornheim etwas passierte, der alte Hartplatz war staubig und dreckig, dort machte es keinen Spaß zu spielen. Aber der neue Rasen lag da wie ein Teppich. Vor dem Spiel wurde noch ein

Foto mit beiden Mannschaften gemacht, dann ging es los. Und wie! Die Zornheimer legten los wie die Feuerwehr und führten nach 10 Minuten mit 3:0. Meine Jungs waren überhaupt nicht auf dem Platz. So sehen gute Gäste aus. Per Foulelfmeter verkürzte Albin auf 3:1, doch dann spielten wieder nur die Gastgeber. Zur Halbzeit lagen wir mit 1:5 hinten und wussten nicht so richtig, wie uns geschah. David verkürzte kurz nach Wiederbeginn auf 2:5, doch quasi im Gegenzug stellte Zornheim den alten Abstand wieder her. „Jungs, reißt euch zusammen, bitte nicht gleich am ersten Spieltag zweistellig verlieren!", flehte ich meine Mannschaft an. Plötzlich ging ein Ruck durch die Jungs. Tarik und Michael verkürzten per Doppelschlag auf 4:6, eine Viertelstunde vor Schluss traf Mohammed nach einem Eckball zum 5:6. Jetzt waren die Gastgeber verunsichert und bei uns lief es wie am Schnürchen. Joshua glich zum 6:6 aus. „Super Jungs, weiter so!", freute ich mich am Spielfeldrand. Vom Anstoß weg spielten die Zorn-

heimer ihren Stürmer frei, der Mohammed davonlief und alleine vor Andreas
stand. Er zog ab und hämmerte den Ball
an die Latte, den Nachschuss schoss er
knapp über das Tor. Tief durchatmen.
Als Joshua uns im Gegenzug mit 7:6 in
Führung brachte, war die Moral der
Zornheimer gebrochen. Mit dem Schlusspfiff erzielte Tarik das 8:6. Wir hatten
den Zornheimern die Einweihung ihres
Platzes gründlich verdorben. Das tat mir
irgendwie leid, aber als ich meine Jungs
in der Kabine feiern sah und Dusan
sagte, dass er noch nie so stolz auf dieses
Team gewesen sei wie heute, konnte ich
ihm nur zustimmen. „Wenn die nach dem
6:6 ihre Großchance nutzen, verlieren
wir. Aber so ist es gerade nochmal gutgegangen. Super, Jungs", lobte ich mein
Team. Das Bild mit beiden Mannschaften hängt noch heute im Zornheimer Ver-
einsheim und ist eine bleibende Erinne-
rung für alle Beteiligten.

In den nächsten Spielen lief es wechsel-
haft, immer wieder fielen wichtige Spieler aus und wir blieben was die Ergebnisse angeht etwas unter unseren

Möglichkeiten. Mitte November fuhren wir nach Drais zum Spiel gegen den Vorletzten. „Was soll da schon passieren? Das gewinnen wir klar", dachten wir alle. Also die fünf Minuten hinfahren, drei Punkte mitnehmen und die fünf Minuten wieder zurückfahren. So weit - so gut, aber es steht auch immer noch ein Gegner auf dem Platz. Und Drais wollte die Punkte nicht einfach so abgeben. Wir taten uns schwer, die richtige Einstellung fehlte, die Körperspannung war nicht da, das Zweikampfverhalten war viel zu lasch. So bringt man einen wesentlich schwächeren Gegner ins Spiel. Und die Draiser ließen sich nicht zweimal bitten. Sie kämpften uns nieder und führten zur Pause mit 3:0. „Was ist das?", fragte ich mein Team in der Kabine. „Ohne Einstellung gibt es keine Punkte. Jetzt hängt euch rein uns seht zu, wie ihr das Spiel noch dreht!" Kaum war wieder angepfiffen, setzte Orhan sich gegen seinen Verteidiger durch und traf zum 1:3. „Na also, geht doch", schienen sich jetzt alle zu denken und ließen Drais weiter spielen. Als das 1:4 fiel, platzte mir der Kragen.

Ich nahm Tarik und Michael raus, eigentlich meine besten Offensivspieler. Aber ich musste ein Zeichen setzen und die Jungs wachrütteln. Mitte der 2.Halbzeit zog Rawas, von dem bis dahin nichts zu sehen war, einfach mal aus 35 Metern ab. Der Ball wurde abgefälscht und erwischte den Draiser Torwart auf dem falschen Fuß. Dieser Treffer war der Weckruf für meine Jungs, jetzt überrollten sie die Gastgeber. Dreimal Joshua, Orhan und Albin machten aus dem 1:4 ein 7:4. Wir hatten die fest eingeplanten drei Punkte, die Jungs hatten wieder einmal Moral bewiesen, hatten sich das Leben aber durch mangelnde Einstellung und Konzentration selbst schwer gemacht. Diesmal war keiner Stolz auf die Mannschaftsleistung, sondern alle waren erleichtert, dass das nochmal gutgegangen war.

Geht aber nicht immer, wie das Pokalspiel an einem bitterkalten Dezembertag in Saulheim zeigte. Saulheim war in der Parallelgruppe Letzter, hatte noch keinen Punkt geholt. Also wieder so ein Gegner, wo man hinfährt, locker gewinnt und wieder heimfährt. Aber auf dem tiefen Hartplatz in Saulheim spielt es sich nicht so leicht, wie auf dem schönen Kunstrasen in Finthen. Die Gastgeber rannten und kämpften was das Zeug hielt, waren bissiger in den Zweikämpfen und führten zur Halbzeit mit 1:0. Auch nach dem Seitenwechsel hatten wir unsere Schwierigkeiten, spielten uns kaum Torchancen heraus und konnten uns bei Andreas bedanken, dass wir nicht höher zurücklagen. Als ich in der Schlussphase alles nach vorne warf, traf ausgerechnet Emil, der schwächste Spieler der Mannschaft, den ich nur mitgenommen hatte, weil es gegen einen schwachen Gegner ging, in der letzten Minute zum 1:1. „Dann gewinnen wir halt in der Verlängerung", gab ich die Parole für die zweimal zehn Minuten aus, die folgen würden. Doch der Schiedsrichter pfiff schon nach fünf Minuten zum Seitenwechsel. „Schiri, B-Jugend sind zehn Minuten pro Halbzeit, nicht fünf", rief ich. „Oh Mann, ich kann nicht mehr. Fünf Minuten reichen doch auch", murmelte Rawas. Da auch unsere Gegner nicht noch 15 Minuten spielen wollten, einigten wir uns auf die kürzere Spielzeit. Das geht zwar eigentlich nicht, aber wo kein Kläger, da kein Richter. Es passierte nichts mehr und das Spiel wurde im Elfmeterschießen entschieden. Ich war entspannt, hatte fünf sichere Schützen und Andreas würde mindestens einen Elfmeter halten, das würde schon passen. Aber Tarik schoss gleich den ersten Elfmeter am Tor vorbei und Oscar schoss so schwach und unplatziert, dass der Saulheimer Torwart keine Mühe hatte, den Ball abzuwehren. Die Gastgeber verwandelten alle Schüsse sicher und gewannen mit 4:2. Diesmal hatte es weniger an der Einstellung dem Gegner gegenüber gelegen, sondern an die Probleme mit dem Platz. Aber der war für beide Mannschaften gleich und eigentlich hätten wir egal auf welchem Platz klar gewinnen müssen.

In der Rückrunde ging nach und nach ein Riss durchs Team, die Jungs zogen nicht mehr so sehr an einem Strang wie die Jahre vorher, die Stimmung ließ nach, die Ergebnisse blieben aus. Am Ende stand ein enttäuschender 8.Platz in der Liga. Ich suchte jetzt eine neue Herausforderung und wollte eine neue Generation Fußballer aufbauen. Dass ich dafür aufs Kleinfeld musste, wo ich eigentlich nie mehr hinwollte, nahm ich in Kauf – es war ja nur für ein Jahr.

Mit dieser Mannschaft musst du Meister werden

Mir wurde die E1 anvertraut, doch noch waren nicht alle Spieler auf die einzelnen Mannschaften verteilt. „Wir haben hier noch Susi und Florian Grander", sagte Willy Müller. „Was machen wir mit denen? Susi kann es in die E1 schaffen, aber Florian ist eher E3-Kandidat." „Ich nehme beide", antwortete ich. „Ich hatte schon den älteren Bruder der beiden trainiert. Die Eltern wollen, dass sie auch bei mir spielen." Gut, das war geklärt, dann konnte es losgehen. Ich hatte ein Team aus soliden, aber nicht überragenden Verteidigern, einem starken Torwart und extrem talentierten Stürmern. „Mit dieser Mannschaft musst du Meister werden", sagte Willy Müller. „Na ja, wir haben Mainz 05 und 1817 Mainz in der Gruppe, leicht wird das nicht", entgegnete ich. „Das spielt keine Rolle. Die Jungs sind so stark, das musst du schaffen", beharrte Willy auf dem Saisonziel.

Folgende Spieler hatte ich beisammen:
Edwin im Tor
Sebastian und Kevin als Zentralverteidiger
Johannes, Susi (das einzige Mädchen, das ich jemals trainierte) und ihren Bruder Florian als Außenverteidiger
Chris, Max, Ahmed und Bernd im Sturm

Zu Beginn der Vorbereitung kam plötzlich mein ehemaliger Spieler Antonio zu mir, einen kleinen Jungen an der Hand. „Das ist mein Bruder Ernesto, ich hatte dir ja schon von ihm erzählt", begrüßte er mich. „Das ist vier Jahre her, schön dass du mich noch kennst", sagte ich erfreut. „Klar, ich bin bestens informiert, die Jungs haben mich auf dem Laufenden gehalten", grinste Antonio. „Hier ist Ernesto, mach was aus ihm." „Und wie lange dauert es, bis dein Vater kommt und ihn wieder abmeldet, wenn ich ihn nicht da spielen lasse, wo er ihn sehen will?", fragte ich leicht besorgt. „Ich habe ihm gesagt, dass er sich da raushalten soll", entgegnete Antonio. „Ich komme zu den Spielen, wenn es meine Arbeit zulässt. Mein Vater soll sich um seine Pizzeria kümmern, da hat er genug zu tun." „Alles klar, dann trainiere ich Ernesto.

Wo kannst du denn spielen?", fragte ich Ernesto. „Überall", antwortete er knapp. Na gut, dann musste ich das also noch herausfinden. Da ich noch einen guten Verteidiger gebrauchen konnte, begann Ernesto hinten.

Schon bei den Trainingseinheiten kam ich leicht ins Grübeln – alles, was ich von den Jungs forderte, setzten sie ohne Mühe um. Ich wusste bald nicht mehr, was ich ihnen noch beibringen sollte. Torschussübungen brachten entweder perfekte Abschlüsse oder glänzend parierte Bälle, das kleine Einmaleins aus Passen und Stoppen beherrschten die Kinder fast blind, auch Flugbälle und Flanken kamen ziemlich genau zum Zielspieler. So bestanden die meisten Trainingseinheiten aus Aufwärmen und Trainingsspiel. Hier konnte ich einige taktische Varianten ausprobieren. Die Freundschaftsspiele in der Saisonvorbereitung gewannen wir deutlich, die Grundstimmung war gut, das Ziel Meisterschaft war wohl tatsächlich nicht zu ehrgeizig angesetzt.

Die ersten drei Saisonspiele waren keine wirkliche Herausforderung für uns, wir feierten klare Siege gegen völlig überforderte Gegner. Ahmed war vorne alles überragend und machte Tore am Fließband, Max glänzte als Vorbereiter, schoss aber auch selbst vor allem aus der Distanz einige Tore. Chris glänzte im Training, spielte als wuseliger Dribbler alle schwindlig, aber in den Spielen versteckte er sich. Bernd war schnell, traf aber das Tor viel zu selten. Die Verteidiger waren wenig gefordert, Edwin konnte sich kaum auszeichnen.

Aber dann verletzte Edwin sich und fiel mehrere Wochen aus. Ich musste Carsten aus der E2 hochziehen. Er war zwar ein ordentlicher Torwart, aber längst nicht so gut wie Edwin. Kevin hatte andauernd Knieprobleme. Der Arzt erzählte etwas von Wachstumsschmerzen und dass die wieder weggehen würden, aber es wurde nicht besser und Kevin fiel für den Rest der Saison aus. Somit hatte ich nur noch einen Innenverteidiger. Aber wir waren vorne ja stark genug und

Max konnte auch etwas defensiver spielen.

Am 4.Spieltag spielten wir bei 1817, dem ersten harten Brocken. Ich setzte auf zwei feste Sturmblöcke. Die beiden Torjäger Ahmed und Max trennte ich. Ahmed spielte mit Chris, weil die beiden im gleichen Haus wohnten und auf dem Bolzplatz immer zusammen spielten, und Max spielte mit Bernd. Doch das Spiel lief nicht wie gewünscht. 1817 ging schnell mit 2:0 in Führung und wir liefen hinterher. „Bring Max und Ahmed zusammen", forderte Max' Vater. „Nein, wir schaffen das auch so noch, ich habe meine Taktik", erwiderte ich. Kurz vor der Pause verkürzte Ahmed auf 2:1, wir waren wieder im Spiel. Doch 1817 erhöhte nach dem Seitenwechsel mitten in unsere Druckphase hinein auf 3:1, Ahmed traf allerdings postwendend zum 3:2. Wir waren jetzt die klar bessere Mannschaft, doch 1817 stand hinten tief und ließ wenig zu. Max' Vater wurde wahnsinnig, weil ich immer wieder im

Block wechselte. Erst kurz vor Schluss brachte ich Max und Ahmed zusammen aufs Feld, doch es reichte nicht mehr zum Ausgleich, wir verloren 2:3.

Das war natürlich ein herber Rückschlag, zumal Mainz 05 alle Spiele genau so souverän gewann wie wir. Am letzten Spieltag vor der Winterpause kam es zum Gipfeltreffen bei uns in Finthen. Die Jungs waren heiß, sie hatten die restlichen Spiele wieder klar gewonnen. Die Partie gegen den Favoriten verlief ausgeglichen, es ging mit 0:0 in die Halbzeit. „Da geht was, die sind nicht so stark", motivierte ich meine Mannschaft in der Kabine. Kurz nach Wiederbeginn erzielte Ahmed das 1:0. Mainz 05 versuchte sich zu wehren, doch Ahmeds 2:0 entschied das Match zu unseren Gunsten und wir waren aufgrund des besseren Torverhältnisses Herbstmeister.

Die Hallenrunde in der Winterpause spielten wir wenig souverän. Da Mainz 05 nicht mitspielte, waren wir der große Favorit auf den Titel. Doch so richtig rund lief es nicht. Die engen Räume behagten meinen Jungs gar nicht, vor allem die Verteidiger hatten Mühe. Es reichte zwar zur Qualifikation für das Finalturnier, aber dort wurden wir nur Dritter – eine große Enttäuschung. Wir schieden im Halbfinale gegen den späteren Hallenmeister aus Budenheim aus, aber die spielten draußen eine Liga unter uns.

Zur Rückrunde kam Mehmet zu uns, der Innenverteidiger spielen konnte. Jetzt hatte ich dort wieder zwei Kandidaten, die sich abwechseln konnten. Die ersten drei Spiele der Rückrunde liefen dann wieder gewohnt einseitig, ich konnte auch immer mal wieder die Verteidiger in den Sturm stellen, damit auch sie Tore schießen konnten. Hier tat sich vor allem Ernesto hervor, der für einen Verteidiger ziemlich abgezockt vor dem gegnerischen Tor war und einige Treffer erzielte. Dann kam das Rückspiel gegen 1817, diesmal zu Hause. Wir hatten noch etwas gutzumachen. Diesmal setzte ich auf Max und Ahmed und wechselte mal den Einen und mal den Anderen aus, aber nie beide gleichzeitig. Trotzdem taten wir uns schwer. Wir gingen zwar durch eines der wenigen Tore von Bernd mit 1:0 in Führung, aber 1817 glich Mitte der 2.Halbzeit aus und brachte das Unentschieden über die Zeit. Da Mainz 05 das Parallelspiel gewann, waren wir nun zwei Punkte hinter ihnen. Sollte es wirklich zum großen Showdown beim Rückspiel am letzten Spieltag kommen, den wir dann gewinnen mussten?

Am drittletzten Spieltag fuhren wir nach Nierstein. Staubiger enger Hartplatz, lautstarke Eltern, die ihre Jungs frenetisch nach vorne peitschten, extreme Hitze, schwierige äußere Bedingungen. Und meine Jungs waren in der 1.Halbzeit völlig von der Rolle, gewannen kaum einen Zweikampf, kreierten so gut wie keine Torchance und lagen zur Pause verdient mit 0:2 zurück. „Wollt ihr Meister werden, oder wollt ihr heute schon alles verspielen?", fragte ich die Jungs. Nach dem Seitenwechsel rissen sie sich zusammen und glichen durch Tore von Max und Ahmed aus.

Dann ein Angriff der Gastgeber – Flachschuss aus der Distanz – Edwin (der wieder gesund war und im Tor stand) rutscht der Ball durch die Hände, er robbt ihm hinterher und bekommt ihn auf der Linie? – Oder doch hinter der Linie? – zu fassen. Die Niersteiner jubelten, der Schiedsrichter zögerte, ich bangte, hatte es selbst nicht genau gesehen. Max' Vater stand hinter unserem Tor und schlug die Hände vors Gesicht. 2:3? Der Schiedsrichter winkte ab. „Ball war nicht hinter der Linie, weiterspielen", rief er zum Entsetzen der Niersteiner und natürlich zu meiner Erleichterung. „Der war klar drin", sagte Max' Vater nach dem Spiel zu mir. „Da haben wir mächtig Glück gehabt." Leider konnten wir den Siegtreffer nicht mehr erzielen und alles war vorbei, der Traum von der Meisterschaft war ausgeträumt.

Dachte ich, bis ich das Ergebnis vom 05-Spiel erfuhr. Sie hatten völlig überraschend gegen Schott nur 0:0 gespielt und wir hatten wieder die Chance, mit einem Sieg im Rückspiel doch noch den Titel zu holen. Jetzt hieß es, im Training nochmal alles rauszuhauen, uns optimal auf dieses Endspiel vorzubereiten. Doch je näher der große Tag kam, umso mehr spürte ich eine Verunsicherung bei meinen Jungs. Dieses Selbstverständnis, mit dem sie noch ins Hinspiel gegangen waren, war überhaupt nicht mehr da. „Ihr habt vor der Winterpause gezeigt, dass ihr sie schlagen könnt. Also macht es im Rückspiel einfach genauso", versuchte ich, den Spielern Mut zuzureden. „Im Hinspiel hatten wir nichts zu verlieren, aber jetzt müssen wir gewinnen – gegen Mainz 05, auswärts", sagte Ahmed und drückte damit aus, was scheinbar in den Köpfen aller Spieler vorging.

Der Respekt vor der Bedeutung des Spiels und dem Gegner war allen anzumerken, als es auf dem Platz ging. „Wir schlagen euch 5:0", tönte Max' Vater großmäulig in Richtung der 05-Eltern. „Halt den Ball flach, die Jungs sind total verunsichert", raunte ich ihm zu. Im Spiel selbst bekamen wir kaum einen Stich, Mainz 05 spielte uns an die Wand. Vor allem von Ahmed war ich total enttäuscht. Er war in diesem wichtigen

Spiel überhaupt nicht zu sehen, Chris war ein Totalausfall, auch Max war mit seinen Gedanken überall, nur nicht auf dem Platz. Die Abwehrspieler stürzten von einer Verlegenheit in die andere, allein Edwin hatten wir es zu verdanken, dass es zur Halbzeit nur 0:2 stand. Am Ende stand ein für uns schmeichelhaftes 0:3, Mainz 05 war Meister und wir mit fünf Punkten Rückstand Vizemeister.

„Eigentlich müsste ich dich jetzt entlassen" – mit diesen Worten empfing mich Willy Müller am nächsten Tag auf dem Sportplatz. „Jeder Depp wird mit dieser Mannschaft Meister, nur du schaffst es nicht", polterte er. „Na ja", entgegnete ich, „wenn wir gestern gewonnen hätten, wären wir jetzt Meister. Was kann ich dafür, wenn die Jungs im alles entscheidenden Spiel die Hosen gestrichen voll haben?" „Du bist der Trainer, du musst für die Ergebnisse geradestehen. Ihr habt zweimal verloren und zweimal Unentschieden gespielt, das ist zu wenig, um Meister zu werden", legte er nach.

„Hinter Mainz 05 Zweiter zu werden, ist keine Schande. Es ist einfach schwer, wenn man nur von zwei Gegnern richtig gefordert wird", sagte ich und harrte der Dinge, die kommen würden. Doch ich wurde nicht entlassen und trainierte in der kommenden Saison die D2, Willy übernahm die D1.

Was nehme ich aus dieser Saison mit? Welche Fehler habe ich gemacht?

- Klar war, dass ich mich im Hinspiel gegen 1817 vercoacht hatte. Das passiert jedem Trainer mal, dass seine Idee nicht aufgeht. Aber ich war zu stur, um meinen nicht funktionierenden Plan frühzeitig aufzugeben. Mit einem Sieg dort hätte uns im letzten Spiel bei 05 ein Unentschieden zum Titel gereicht. Aber so, wie die Jungs drauf waren, hätten sie auch das nicht geschafft und es wäre zu einem Entscheidungsspiel gekommen. Also hätte, wenn und aber...

- Die Trainingsgestaltung war nicht gut genug. Da ich keine Ansätze für Verbesserungen gesehen hatte und da wir den Großteil der Spiele mit mindestens fünf Toren Unterschied gewannen (in der höchsten Spielklasse wohlgemerkt), ließ ich die Zügel im Training schleifen. Dadurch wurden die schwächeren Spieler zwar etwas besser, aber die Stars wie Max und Ahmed stagnierten in ihren Leistungen.

- Ein richtiger Co-Trainer, wäre mit Sicherheit gut gewesen. Ich hatte mit Dusan einen B-Jugendspieler an meiner Seite, der erste Erfahrungen als Trainer sammeln wollte, der aber mit einigen der Jungs jeden Tag auf dem Bolzplatz kickte und somit keine echte Respektsperson für sie war. Bei den Trainingsspielen kickte er engagiert mit, anstatt Kommandos zu geben. Eine echte Hilfe war er so leider nicht.

- Wenn in 14 von 18 Spielen schon vor Anpfiff nur die Höhe des Sieges fraglich ist, fehlt die Spannung im Team und es ist schwierig, sie für die vier Spiele, in denen es um alles geht, aufzubauen. Letztlich haben wir gegen 05 und 1817 zweimal verloren, einmal Unentschieden gespielt und nur einmal gewonnen. Wären wir die ganze Saison über richtig gefordert worden, hätten wir hier vermutlich besser abgeschnitten.

Insgesamt gesehen hatten wir eine realistische Chance auf die Meisterschaft und haben sie nicht genutzt. Das war echt schade. Aber letztlich waren es Kinder, die Fußball spielen wollten und keine Profis, die Millionen dafür bekommen. Also Mund abputzen und weitermachen. Einen Teil der Spieler behielt ich auch in der kommenden Saison in der D2: Die Abwehrspieler Sebastian, Ernesto, Mehmet und Johannes und Stürmer Bernd. Chris trainierte zunächst in der D1, weil Willy der Ansicht war, dass er zu gut für die D2 ist und dass er sein

Talent schon aus ihm heraus-kitzeln könnte. Ahmed, Max und Thomas waren sicher in der D1, Susi blieb noch ein Jahr in der E-Jugend und Florian hörte mit Fußball auf.

Aus dem Schatten ins Licht

Zur neuen Saison kam für die Jungs, die bei mir blieben, der Wechsel aufs Großfeld. Somit wuchs auch mein Kader von 11 auf 17 Spieler an. Neu zu uns kamen Steffen und Daniel, dessen Vater sich als Co-Trainer anbot. Ich nahm das Angebot gerne an, denn so viele Spieler konnte ich nicht alleine im Auge behalten.

Beide spielten in der Verteidigung. Daniel im Zentrum und Steffen auf der Außenbahn. Mit seiner Schnelligkeit und Kondition schaltete er sich auch immer wieder ins Flügelspiel ein. Ernesto kam zu mir. „Wir haben doch genug Verteidiger. Kann ich vielleicht im Sturm spielen? Da bin ich besser", fragte er. Da ich in der Offensive schwach besetzt war, testete ich ihn im ersten Freundschaftsspiel im Sturm. Wir gewannen 3:1 und Ernesto schoss zwei Tore. Er war dribbelstark und eiskalt im Eins-gegen-Eins mit dem Torwart. Somit war er im Angriff gesetzt. Jetzt brauchten wir nur noch einen großen, schnellen Mittelstürmer und einen Kreativspieler fürs Mittelfeld, dann wären alle Positionen gut besetzt. Ich hatte zwar jede Menge Kämpfer im Team, aber keinen richtigen Spiel-gestalter.

Eine Woche vor Saisonstart kam Chris zu mir ins Training. „Bei der D1 sitze ich nur auf der Bank. Wenn ich zu dir in die D2 komme, bin ich doch sicher Stammspieler, oder?", fragte er. „Auch in der D2 gilt das Leistungsprinzip", sagte ich. „Wenn du im Training zu den elf Besten gehörst, spielst du auch." „Wer soll mir denn gefährlich werden?", fragte Chris etwas überheblich. Aber er hatte Recht, selbst wenn er nicht gut trainierte, war er der beste Spieler der Mannschaft. Also wäre diese Position geklärt. Willy Müller hätte Chris gerne behalten, aber Chris ging einfach nicht mehr ins D1-Training. Also spielte er bei mir. Den Mittelstürmer bekamen wir dann auch noch aus der D1. Gerd hatte gegen Ahmed und Neuzugang Alex keine Chance und sollte bei mir Spielpraxis sammeln. Dazu hatten wir noch Bernd für den Angriff, also konnte die Saison beginnen.

Das erste Spiel ist immer wichtig, um ein Gefühl für die eigene Stärke zu bekommen. Wir gewannen 5:1, die Abwehr stand gut, unser Torwart Mustafa hielt ordentlich, Roberto und Ali schlugen schöne Flanken und vorne schossen Ernesto und Gerd die Tore. Das Selbstvertrauen trug uns durch die Saison. Steffen wurde vom Mitläufer schnell zum Kommandogeber in der Abwehr und hielt mit Libero Tom die Defensive zusammen, Daniel und Sebastian räumten vor der Abwehr auf, Ernesto ließ sich oft ins Mittel-feld zurückfallen, holte sich die Bälle, spielte Doppelpässe mit Gerd oder den Flügelspielern und lief in den Strafraum, wo er dann zum Abschluss kam. Die Jungs rannten und kämpften füreinander und steigerten sich im Laufe der Saison enorm.

Nur Chris blieb in seinem alten Trott. Im Training glänzte er, in den Spielen enttäuschte er meistens. Wenn es 2:0 stand, schoss er das 3:0, 4:0 und 5:0. Aber bei 0:0 oder 0:1 versteckte er sich im Mittelfeld, bot sich kaum an und ließ schnell den

Kopf hängen. Gespräche mit ihm brachten nichts. „Ja, ich kann es besser." „Ja, ich muss mich mehr zeigen." „War halt nicht so mein Tag." Trotzdem wechselte ich Chris nur ganz selten aus. Ich hatte immer wieder Hoffnung, dass doch mal ein Geistesblitz von ihm kommt. Wenn ich die Jungs fragte, wie sie seine Leistung beurteilten, kam zur Antwort: „Wir sind froh, dass wir ihn haben", „Wir wissen ja alle, was er kann", „Wir gewinnen doch die meisten Spiele. Das wird schon." Er hatte die Jungs also hinter sich.

Am Ende war es eine erfolgreiche Saison für uns. Wir wurden Dritter in der Liga und schlugen im Pokal zwei Mannschaften, die eine Liga über uns spielten. Im Viertelfinale war hier Endstation, aber Pokal ist Nebensache. Ernesto schoss über 30 Saisontore, Gerd hatte jede Menge Chancen, aber seine Nerven spielten ihm zu oft einen Streich und er vergab haufenweise Hundert-prozentige. Die meisten Spieler machten einen großen Schritt nach vorne, nur von Chris war ich enttäuscht. Irgendwann musste der Durchbruch ja mal kommen. Ein Spieler mit seinem Talent musste doch irgendwann explodieren. Und besser, das würde bei mir passieren, als bei einem anderen Trainer.

Ernestos Tore machten ihn für die D1 interessant und er wollte sich in der kommenden Saison dort beweisen. Er kam zwar zu einigen Startelf-einsätzen, saß aber oft auf der Bank und kam in der Winterpause zurück zu mir in die D2. Chris blieb auf Geheiß seines Vaters die ganze Saison in der D1, war aber nur ein Mitläufer, der auch öfter als ihm lieb war auf der Bank saß.

Ansonsten war diese Saison ein Übergangsjahr. Viele Spieler des jüngeren Jahrgangs kamen aus der E-Jugend hoch, die Älteren um Mustafa, Daniel, Steffen und Gerd spielten C-Jugend. Mehr als ein Mittelfeldplatz war nicht möglich. Ich freute mich schon darauf, dass es nach der Sommerpause wieder mit der „alten" Mannschaft in der C2 weiterging.

Der Durchbruch

Zur C-Jugend hatte ich fast alle Spieler der vorletzten Saison wieder beieinander. Sebastian und Tom hatten aufgehört, dafür kamen Timo und Marc, die Söhne eines Arbeitskollegen, aus Hechtsheim zu uns. Mein Co-Trainer Jörg war auch wieder mit von der Partie, nachdem er letzte Saison mit seinem Sohn Daniel schon in der C-Jugend war. Steffen hatte jetzt auch schon ein Jahr Erfahrung in der C-Jugend und wurde mit klarer Mehrheit zum Spielführer gewählt. Er gab von hinten heraus die Kommandos, spielte jetzt rechter Verteidiger, da wir mit Felix letzte Saison einen starken Linksverteidiger dazu bekommen hatten, der im Gegensatz zu Steffen auch Linksfuß war.

Im defensiven Mittelfeld stieß Lukas zu uns, der Körperlichkeit ins Spiel brachte, was gerade in der C-Jugend, wo alle Jungs in der Phase ihrer körperlichen Entwicklung sind und es teilweise große Unterschiede gibt, besonders wichtig ist. Ernesto spielte zusammen mit Chris im offensiven Mittelfeld hinter Bernd, der den einzigen Stürmer gab.

Die einzige Position auf der wir Probleme hatten, war die Torhüterposition. Mustafa hatte keine rechte Lust mehr und kam mal ins Training und mal nicht. Seine Stellvertreter Marc und Leon waren zwar begeisterte Torhüter, aber hatten deutliche Schwächen in der Strafraumbeherrschung und strahlten kaum Sicherheit und Ruhe aus. Also musste die Abwehr besonders gut stehen, damit wir möglichst wenige Schüsse auf unser Tor bekamen.

In der Vorrunde dauerte es etwas, bis die Jungs sich eingespielt hatten. Aber zur Winterpause standen wir auf Platz 4 mit einem Punkt Rückstand auf Schott und vier Punkten auf Nieder-Olm. Tabellenführer Saulheim war schon weit enteilt. Am zweiten Spieltag der Rückrunde ging es zu Schott, es war also ein richtungsweisendes Spiel. „Wenn wir eine Chance haben wollen den 2.Platz anzugreifen, müssen wir heute unbedingt gewinnen", gab ich den Jungs in der Kabine mit auf den Weg. „Ich will von jedem von euch hundertprozentigen Einsatz und Kampf bis zum Umfallen sehen. Verschafft euch Respekt, setzt euren Körper ein. Nur mit einer Topleistung habt ihr heute eine Chance, also gebt alles", forderte ich und blickte in die Runde. Ganz besonders achtete ich auf Chris' Reaktion. Normalerweise verfolgte er meine Ansprachen mit gesenktem Kopf und relativ teilnahmslos, doch diesmal schaute er mich an und nickte, aus seinen Augen strahlte Entschlossenheit.

Es war kalt, es war nass, der Hartplatz war vom Regen der letzten Tage aufgeweicht und matschig – einfach ungemütlich. Besonders für meine vom Kunstrasen verwöhnten Jungs eine große Umstellung. Und Schott gab von Anfang an Gas, mein Team war beeindruckt und ehe wir uns versahen stand es 0:1. Von körperlicher Präsenz und Kampfgeist war nichts zu sehen, Schott hatte alles im Griff und überrannte uns förmlich. Zum Glück stand Mustafa im Tor und hatte einen seiner besseren Tage, so dass es zur Pause nur 0:2 stand. Mit hängenden

Köpfen schlichen meine Spieler vom Platz. Nur der, der sonst immer als Erster den Kopf hängen ließ, blieb aufrecht, seine Augen funkelten. Noch auf dem Platz nahm Chris sich zwei Mitspieler zur Brust und stauchte sie gehörig zusammen. Ja, er war einer unserer besseren Spieler in dieser 1.Halbzeit, aber viele Impulse nach vorne gingen auch von ihm nicht aus. Nachdem ich mit meiner Halbzeitansprache fertig war, ergriff Chris das Wort. „Habt ihr vorhin nicht zugehört? Frank hat gesagt, dass wir heute nicht verlieren dürfen. Und was macht ihr? Spielt totale Scheiße! Jetzt reißt euch zusammen, mir müssen das Ding hier gewinnen", feuerte er das Team an. „Na dann geh du mal mit gutem Beispiel voran", dachte ich, als die 2.Halbzeit begann.

Und genau das tat Chris. Schnell eroberte er den Ball von seinem Gegenspieler, trat an, spielte einen Doppelpass mit Ernesto, drang in den Strafraum ein und zog trocken ab. Unhaltbar für den Torwart flog der Ball ins Netz – nur noch 1:2, wir waren wieder im Spiel. „Und jetzt alle weiter", rief Chris in der Jubeltraube seinen Mitspielern zu. Jetzt zeigten meine Jungs das, was ich vor dem Spiel von ihnen gefordert hatte. Sie rannten, kämpften und spielten Schott schwindlig, die Gastgeber fanden überhaupt nicht mehr ins Spiel. Mitte der 2.Halbzeit dribbelte Chris in den Strafraum und wurde von einem Verteidiger rüde zu Fall gebracht. Chris schrie vor Schmerzen, schien übler verletzt, stand aber auf und humpelte aus dem Strafraum. Elfmeter schoss er sowieso nicht, das überließ er anderen. Ernesto nahm sich der Sache an und traf zum 2:2. „Willst du raus?", fragte ich Chris. „Nein, geht schon", antwortete er leise mit schmerzverzerrtem Gesicht und kämpfte sich über den Platz. Unsere Abwehr hatte hinten jetzt alles im Griff, im Mittelfeld wurden viele Zweikämpfe geführt und überwiegend von uns gewonnen. Fünf Minuten vor Schluss spielte Lukas einen Zuckerpass in den Lauf von Ernesto. Der lief durch, schoss, scheiterte am Torwart, aber Chris stand goldrichtig und staubte zum 3:2 ab. Der Jubel kannte keine

Grenzen, wir hatten das Spiel gedreht und gewonnen und Chris hatte zumindest in der 2.Halbzeit sein bestes Spiel seit Ewigkeiten gemacht. War das jetzt der Durchbruch, oder war es nur eine Eintagsfliege? Dass er es konnte, wussten wir alle. Aber was würde in den nächsten Spielen passieren?

Ja, es war tatsächlich der Tag, an dem Chris Borkowski vom ewigen Talent zum Superstar wurde. Jetzt war er nicht mehr zu bremsen, war der dominierende Spieler der Rückrunde. Nieder-Olm konnten wir leider nicht mehr einholen, zumal im Spiel dort Marc zwischen den Pfosten stand und wir hinten mehr Tore kassierten als Chris, Ernesto und Co. vorne schießen konnten. Wir verloren 4:6 und wurden am Ende Dritter. Aber Chris hatte den lange ersehnten Durchbruch bei mir geschafft, diesen persönlichen Erfolg konnte ich für mich verbuchen. Als ich ihm das bei unserer Saisonabschlussfeier sagte, antwortete er: „Und ich wollte das auch nur bei dir schaffen und bei keinem anderen Trainer." Natürlich spielte Chris nächste Saison in der C1, aber Ernesto hatte keine Lust, auf ein zweites Abenteuer in der 1.Mannschaft und blieb bei mir in der C2. Wenigstens konnte ich meinen Goalgetter halten.

Chris zahlt zurück

Ich bereitete alles für das Freitagstraining vor. Am nächsten Tag war das Pokalspiel bei Moguntia. Ein unangenehmer, aber schlagbarer Gegner, den wir eine Woche später zum Ligaspiel bei uns in Finthen zu Gast haben würden. Für mich Gelegenheit etwas auszuprobieren, das Ligaspiel war wichtiger. Auf einmal stand Chris vor mir. „Hallo Chris, ist dir langweilig? Willst du bei uns mittrainieren?", fragte ich. Chris lächelte. „Ihr habt doch morgen das Pokalspiel gegen Moguntia. Wir sind spielfrei, da könnte ich doch bei euch spielen", sagte er. Puh – das war ein Angebot. Ein Einsatz von Chris würde unsere Chancen eine Runde weiterzukommen deutlich erhöhen. Aber ich konnte von meinen 17 Spielern ohnehin nur 15 einsetzen und wenn ich Chris mitnehmen würde, müsste ich einen Stammspieler auf die Bank setzen und einen Ersatzspieler zu Hause lassen. Außerdem wollte ich das Spiel mit meinen eigenen Jungs gewinnen und wusste nicht, wie sie reagieren würden, wenn plötzlich ein C1-Spieler mitspielt. „Das ist ein tolles Angebot. Aber ich habe meine Aufstellung für morgen eigentlich schon fertig. Trainier mal mit, ich überlege mir, was ich mache", sagte ich zu Chris.

Das ganze Training über zerbrach ich mir den Kopf. Ich wollte Chris nicht mitnehmen, aber absagen wollte ich ihm auch nicht. Es musste einen Weg geben, dass er von sich aus ablehnt. Dann hatte ich eine Idee: Ein C1-Spieler von seiner Qualität und mit seinem Ego würde sich bestimmt nicht bei der C2 auf die Bank setzen. Also rief ich Chris zu mir. „Ich mache dir folgenden Vorschlag", sagte ich. „Du kommst mit und sitzt als fünfter Auswechselspieler auf der Bank. Wenn das Spiel in unsere Richtung läuft, spiele ich mit meinen Jungs und du wirst nicht eingewechselt. Wenn das Spiel nicht für uns läuft, wechsele ich dich ein und du schießt uns eine Runde weiter." Zu meiner Überraschung nickte Chris nur kurz und sagte: „Genau so machen wir es. Wann ist Treffpunkt?" „Moment, ich muss erst noch den Rest der Mannschaft fragen, ob es für alle in Ordnung ist", bremste ich ihn. Ich rief die Mannschaft zusammen und erklärte, was ich mit Chris besprochen hatte. „Das bedeutet, dass im Zweifelsfall einer von euch nicht zum Zug kommt, der jetzt fest mit seinem Einsatz rechnet", sagte ich. „Egal, Hauptsache wir kommen weiter. Ist ja nur für das eine Spiel", stimmten die Ersatzspieler zu. Also war das geklärt und wir fuhren mit 16 Mann zu Moguntia.

Es war das erwartet ausgeglichene Spiel. Die Gastgeber spielten sehr rustikal und kauften uns mit ihrer Härte den Schneid ab. Spielerisch waren wir zwar besser, aber klare Torchancen bekamen wir nicht. Ernesto mühte sich im Mittelfeld nach Kräften, aber Bernd war im Sturm alleine auf weiter Flur. Nach 20 Minuten erzielte Moguntia das 1:0 und machte danach weiter Druck. Also schickte ich Chris zum Warmlaufen und wechselte ihn frühzeitig ein. Das verfehlte seine Wirkung nicht. Plötzlich spielten meine Jungs deutlich besser und Chris höchstpersönlich schoss kurz vor dem Halbzeitpfiff nach schönem Zuspiel von Ernesto das 1:1. Auch nach dem Seitenwechsel bestimmten wir das Spiel, Ernesto traf zum 2:1. Als Chris eine Viertelstunde vor Schluss das 3:1 markierte, war das Spiel für mich entschieden und ich wechselte ihn aus. Jetzt kam Moguntia wieder besser in die Partie und fünf Minuten vor Schluss stand es nur noch 3:2. „Das müssen die Jungs jetzt alleine über die Ziellinie bringen", sagte ich zu Chris, der unbedingt wieder rein wollte. Musste er aber nicht, es blieb beim 3:2, Chris hatte seine Aufgabe erfüllt und uns mit seinen zwei Toren in die nächste Runde geschossen.

Das Ligaspiel eine Woche später gewannen wir übrigens ohne Chris ebenfalls mit 3:2, auch das war ein hartes Stück Arbeit. Im Pokal schieden wir im Achtelfinale aus, was kein Beinbruch war. Die Ligaspiele waren mir ohnehin wichtiger und da präsentierten wir uns gut und beendeten die Saison im vorderen Mittelfeld.

Nach der Saison fahren wir immer noch zu Turnieren. Hier können alle Spieler nochmal zum Einsatz kommen und bei den kurzen Partien kann ich einige Dinge testen. Jetzt kam Chris, der die ganze Saison über Leistungsträger in der C1 war und den Verein nach der Saison verlassen würde, mal wieder zu mir ins Training. „Ihr spielt doch wieder Turniere", sagte er. „Bevor ich nach Gonsenheim gehe, wo ich B-Jugend Regionalliga spielen kann, wollte ich nochmal für dich spielen." Ausgerechnet nach Gonsenheim wechselte er, zum verhassten Lokalrivalen. Aber dort konnte er zwei Klassen höher spielen und sich für ganz große Aufgaben empfehlen. „Wie viele Tore habe ich für dich geschossen? Du führst doch genau Buch", fragte er. „Knapp 100, genau weiß ich es nicht auswendig", antwortete ich. „Wir spielen am Samstag in Gernsheim und am Sonntag in Bischofsheim. Zu einem der beiden Turniere kann ich dich mitnehmen." „Warum nicht zu beiden? Ich will die 100 Tore vollmachen", sagte Chris. Na gut — Absagen gab es immer und da Chris den

Verein verlassen würde und es die letzte Chance war ihn einzusetzen, nahm ich ihn zu beiden Turnieren mit.

„Du stehst bei 93 Toren, das ist noch ein Stück bis 100", zeigte ich Chris bei der Abfahrt nach Gernsheim meine Liste. „Ahmed hat in einer Saison bei dir 100 Tore geschossen, den will ich unbedingt einholen", sagte Chris. Aber das Turnier verlief gar nicht nach unseren Vorstellungen. Wir schieden schon in der Vorrunde aus und Chris konnte lediglich auf 94 Tore stellen. „Also morgen letzte Chance", versuchte ich ihn zu provozieren. „Mache ich schon", blieb Chris gelassen. „Aber du spielst für die Mannschaft und nicht für dich selbst. Wenn du anfängst alles alleine zu machen, hole ich dich sofort vom Platz", warnte ich ihn. Chris nickte.

Auch das Turnier in Bischofsheim begann schleppend für uns. Auf ein mühseliges 1:1 im ersten Gruppenspiel, bei dem Ernesto unser Tor erzielte, folgte ein 0:2 gegen einen sehr starken Gegner in der zweiten Partie. Um ins Halbfinale zu kommen, mussten wir unseren letzten und schwächsten Gegner deutlich schlagen. Jetzt war Chris' Stunde gekommen. Wir fegten unsere bemitleidenswerten Gegner in 15 Minuten mit 6:0 vom Platz und Chris traf fünfmal. Wir standen im Halbfinale und Chris bei 99 Toren. „Jetzt bloß nicht zu Null verlieren", dachten wir alle. Das ganze Team wollte, dass Chris sein 100. Tor schießt, ich natürlich auch. Und wie sollte es anders kommen? Nach drei Minuten spielte Hannes einen Traumpass auf Chris, der umspielte den Torwart und schob locker zum 1:0 ein. Mit beiden Händen zeigte er zehnmal in meine Richtung, umarmte erst alle Mitspieler und kam dann zu mir an die Seitenlinie und fiel auch mir um den Hals. Wir gewannen schließlich mit 2:1, auch dieses Tor schoss Chris, verloren aber das Finale mit 1:3, wobei Chris den Ehrentreffer erzielte. Somit verließ er den Verein mit 102 Toren für mich und steht bis heute in meiner ewigen Torschützenliste hinter Ernesto, der es in sechs Jahren bei mir auf 127 Tore brachte, auf Platz 2.

Nach seinen überschaubaren Leistungen in der E- und D-Jugend war das in den letzten beiden Jahren eine solche Leistungsexplosion, wie ich sie weder vorher, noch hinterher erlebt hatte. Das Talent war von Anfang an da, aber jetzt packte er es auch endlich aus. Er schaffte es übrigens als Aktiver bis in die 4.Liga. Und alles hatte bei mir angefangen.

Positionswechsel

Wir bekamen zur folgenden Saison einen neuen Torwart. Christoph war nach Finthen gezogen und kam zu uns in den Verein. Sein Vater Waldemar, oder kurz Waldi, zeigte Interesse am Co-Trainerposten. Da ich in dieser Altersklasse nicht alleine unter lauter pubertierenden Jungs sein wollte, nahm ich sein Angebot an. Christoph war ein ruhiger Torwart, der zwar jeden Schuss nach vorne abprallen ließ und den Ball erst dann sicher aufnahm, aber immer alles unter Kontrolle hatte. In der Strafraumbeherrschung wurde er mit zunehmender Körpergröße auch immer besser. Er war die klare Nummer Eins, was auch Thorsten, mein anderer Torwart, neidlos anerkannte. Die beiden verstanden sich sowohl untereinander, als auch mit mir gut, wir trafen uns auch öfter mal abseits des Trainings bei mir um zusammen Fußball zu schauen. Christoph hatte keine Probleme damit, dass ich auch Thorsten ab und zu mal Einsatzzeiten gab, wie zum Beispiel im Pokal oder in

Punktspielen gegen Gegner vom Tabellenende, wo klar war, dass wir gewinnen würden.

Die Zusammenarbeit mit Waldi lief ebenfalls reibungslos. Die Jungs hatten Respekt vor ihm, mochten ihn aber auch. Er hatte eine harte, aber herzliche Art, die bei allen gut ankam. Die Stimmung in der Mannschaft konnte besser kaum sein, die Jungs zahlten unsere Arbeit mit guten Leistungen zurück. Es reichte zwar nicht für eine vordere Platzierung, aber ein solider Mittelfeldplatz war angesichts der Qualität der Mannschaft absolut in Ordnung. Ernesto glänzte weiterhin als Torschütze, auch Bernd steigerte seine Trefferquote deutlich.

Etwas Sorgen machte mir nur Timo. Er war ein bissiger, harter Außenverteidiger, der in den Zweikämpfen weder sich, noch seine Gegenspieler schonte. Doch während alle anderen Jungs größer und kräftiger wurden, passierte bei Timo gar nichts. Er hatte immer größere Probleme in den Zweikämpfen und Laufduellen und musste sich immer öfter mit Fouls behelfen. Auch bei Ernesto setzte das Längenwachstum noch nicht ein. Doch für einen Offensivspieler ist es eher von Vorteil, wenn er klein und wendig ist. Für einen Außenverteidiger wird die Luft schnell dünn. Ich ließ Timo zwar bis zum Ende der Saison von Anfang an spielen, aber zur nächsten Saison kam Steffen wieder ins Team (er war ja ein Jahr älter und spielte jetzt schon B-Jugend) und Felix war als Linksverteidiger unantastbar. Damit würde Timo nur die Rolle als Einwechselspieler übrig bleiben. Ich musste mir also etwas überlegen.

Zum Start der Sommervorbereitung rief ich Timo zu mir. Körperlich hatte sich in den Ferien nichts bei ihm getan, aber immerhin hatte er den Stimmbruch hinter sich gebracht. „Kannst du dir vorstellen, im defensiven Mittelfeld zu spielen?", fragte ich ihn. „Als Außenverteidiger schaffst du es nicht mehr in die erste Elf. Ich möchte dich mit deiner Kampfkraft und deinen läuferischen Qualitäten aber auf dem Platz haben." „Mittelfeld?", fragte er ungläubig, „Habe ich noch nie gespielt. Und darüber habe ich mir auch keine Gedanken gemacht", sagte er, „Ich bin davon ausgegangen, dass das eine schwierige Saison für mich wird, in der ich mehr auf der Bank sitze, als auf dem Feld stehe. Aber eine andere Position?", er zuckte mit den Achseln. „Ganz einfach", erklärte ich, „wenn du als Verteidiger einen Zweikampf verlierst, ist der Stürmer durch und läuft alleine auf Christoph zu. Wenn du als Sechser einen Zweikampf verlierst, ist die ganze Abwehrkette noch hinter dir und kann die Situation klären, bevor Christoph eingreifen muss." Timo schaute etwas ungläubig. Klar, er hatte seit der F-Jugend immer nur diese eine Position gespielt und im Mittelfeldzentrum zu spielen erfordert andere Fähigkeiten, als einfach nur seinem Gegenspieler hinterher zu laufen. Aber wenn ich es Timo nicht zugetraut hätte, hätte ich ihm den Vorschlag nicht unterbreitet. „Lass es uns doch einfach mal im Training und in den Vorbereitungsspielen ausprobieren. Dann sehen wir ja, ob es Sinn macht", schlug ich vor. Timo nickte, aber richtig überzeugt wirkte er nicht.

Klar war es eine ordentliche Umstellung für Timo. Er musste neue Räume erkennen und bearbeiten, Raumdeckung ist etwas anderes als Manndeckung, die Abstimmung mit den Nebenleuten ist wichtig, außerdem musste er auch noch etwas für den Spielaufbau tun. Aber Timo lernte schnell und bekam von Lukas, der neben ihm spielte und diese Position schon seit zwei Jahren spielte, viel Unterstützung. So hatten wir sehr schnell eine gut funktionierende Defensive mit Christoph im Tor, Felix, Mehmet und Steffen in der Abwehr und Timo und Lukas davor.

Eigentlich hatten wir vor der Saison nur Thorsten fürs Tor, Christoph durfte noch in der C-Jugend spielen. Da aber in der C1 drei Torhüter waren und Christoph bestenfalls die Nummer Zwei war und da Waldi weiterhin Co-Trainer bei mir war und es besser war, wenn er und sein Sohn im selben Team waren, ließ der C1-Trainer Christoph bei mir spielen. Mit der Maßgabe, dass Christoph in die C1 zurück musste, falls Not am Mann war. Das war zum Glück nicht der Fall, Christoph musste nur einmal aushelfen und das an einem Wochenende, wo die C1 samstags und wir sonntags spielten.

Auch im Offensivbereich tat sich etwas: Die beiden schnellen und torgefährlichen Stürmer Danilo und Emilio kamen zu uns und bildeten zusammen mit Ernesto, der jetzt auf die Zehn zurückrückte, das italienische Trio Infernale. Roberto und Johannes beackerten die Flügel. Auch auf der Ersatzbank waren wir gut be-stückt und konnten auf praktisch jeder Position annähernd gleichwertig aus-wechseln. Leider gibt es in den unteren Klassen fast immer eine absolute Über-mannschaft, an der man in der Tabelle einfach nicht vorbeikommt. In dieser Sai-son war es Nieder-Olm. Sie wurden ver-lust-punktfrei Meister und schlugen uns 3:1 und 4:0. Doch den Rest der Liga hat-ten wir größtenteils im Griff. Der eine o-der andere Ausrutscher war dabei wie das 1:2 beim Vorletzten in Selzen, aber am Ende wurden wir Vizemeister und ge-wannen nach der Saison noch zwei Tur-niere.

Timo machte übrigens nach der Winterpause doch noch seinen Wachstumsschub. Das war auch wichtig, weil Steffen sich im Saisonendspurt verletzte und drei Spiele ausfiel. Jetzt konnte Timo auf seine angestammte Position als Rechtsverteidiger zurück und spielte dort, als sei er nie weg gewesen. „Und, welche Position gefällt dir besser?", fragte ich ihn bei der Abschlussfeier. „Ich bin und bleibe Verteidiger", antwortete Timo im Brustton der Überzeugung. „Aber der Ausflug ins Mittelfeld war echt interessant und hat Spaß gemacht. Ich habe das Spiel mal aus einem ganz anderen Blickwinkel kennengelernt und wichtige Erfahrungen gesammelt. Danke, dass du mir diese Chance gegeben hast."

Timo hat soweit ich weiß bis zum Ende seiner Karriere nie mehr woanders als in der Verteidigung gespielt. Aber er hatte sich auf das Experiment im Mittelfeld eingelassen und seine Sache gut gemacht. Und es war sicher besser für ihn dort Stammspieler zu sein, als ein Jahr lang als Verteidiger auf der Bank zu versauern.

Der Sündenfall

Da unser Platz saniert wurde, trugen wir unsere Heimspiele in der Hinrunde im Nachbarort Drais aus. Der Kabinentrakt war gute 100 Meter vom Sportplatz entfernt und vom Spielfeld aus nicht einsehbar. Deshalb hatten wir die klare Anweisung, immer alles abzuschließen und in der Halbzeitpause nach Möglichkeit draußen auf dem Platz zu bleiben. In den Sommermonaten war das kein Problem. Aber das Spiel gegen Hechtsheim fand an einem kalten und nassen Novembertag statt. Ich sprach mich mit dem Gegner und dem Schiedsrichter ab, dass wir in der Halbzeitpause in die Kabine gehen und die Pause damit etwas länger als die vorgesehenen zehn Minuten dauern würde. „Dann müssen wir nicht unsere Jacken und Trainingshosen mit rausnehmen", sagte ich. Alle waren einverstanden.

Das Spiel war ein echtes Kampfspiel. Hechtsheim traf Mitte der 1.Halbzeit zum 0:1, doch kurz vor der Pause drehten Ernesto und Danilo das Spiel und wir gingen mit einer knappen Führung in die Kabine. In der 2.Halbzeit wechselte ich wie gewohnt durch, damit jeder seine Einsatzzeit bekommt. „Können wir schnell mal in die Kabine gehen und unsere Jacken holen? Wir sind geschwitzt und es ist saukalt und windig", fragten Ernesto und Roberto. „Eigentlich nicht", sagte ich, „aber bevor ihr krank werdet… Hier habt ihr den Schlüssel, aber schließt hinter euch wieder ab." Die beiden gingen und ich konzentrierte mich wieder auf das Spiel. Es war eine echte Abnutzungsschlacht, in der Hechtsheim leicht die Oberhand hatte. Eine Viertelstunde vor Schluss flog ein Distanzschuss der Gäste vom Wind hin- und hergeweht über Torwart Christoph hinweg zum 2:2 ins Netz. Ich wollte Ernesto und Roberto wieder einwechseln, aber sie waren immer noch in der Kabine, jetzt schon seit mindestens zehn Minuten. „Wo bleiben die denn? Was machen die so lange in der Kabine?", fragte ich. Lukas gab mir eine nicht jugendfreie Antwort. Dann kamen sie angeschlendert. „Beeilt euch, ihr müsst wieder rein, es steht 2:2", rief ich ihnen zu. Jetzt legten sie einen Sprint ein, ich konnte beide wieder ins Spiel bringen, doch am Ergebnis änderte das nichts mehr.

Nach dem Spiel machten wir noch eine kurze Analyse in der Kabine, dann fuhren alle nach Hause. Ich setzte mich wie gewohnt an meinen Computer und schrieb meinen Spielbericht. Das machte ich nach jedem Spiel: Aufstellung, kurzer Bericht zum Spielverlauf und Einzelkritik mit Noten. Ich war fast fertig, als mein Telefon klingelte. Spielführer Steffen war dran. „Du Frank, ich habe ein Problem", sagte er mit bedrückter Stimme. „Was ist los? Hast du dich verletzt? Hast du was auf dem Sportplatz vergessen?", fragte ich. „Nein, mir fehlen 50 Euro", antwortete er. „Vor dem Spiel hatte ich sie noch. Und als ich eben in mein Portemonnaie geschaut habe, waren sie nicht mehr da." „Verdammt, Ernesto und Roberto", schoss es aus mir heraus. „Was ist mit denen?", fragte Steffen. „Die waren während des Spiels lange in der Kabine, ich habe mich schon gefragt, was die da machen. Die waren die

Einzigen, denen ich den Schlüssel gegeben hatte", sagte ich. „Da haben sie scheinbar alle Taschen durchsucht. Aber ich kann es nicht beweisen. Theoretisch könnte auch jemand von Drais in der Kabine gewesen sein, die haben ja als Platzverein einen Zweitschlüssel. Ich überlege mir bis Mittwoch, wie ich mit der Sache umgehe. Und ich sorge dafür, dass du dein Geld zurückbekommst", versicherte ich Steffen. Dann beendeten wir das Telefonat.

So etwas hatte ich noch nicht erlebt. Wie gehe ich jetzt mit den vermeintlichen Tätern um? Ihnen direkt ins Gesicht sagen, dass sie gestohlen haben und was ich davon halte ging leider nicht. Ich war mir zwar hundertprozentig sicher, dass es Ernesto und Roberto waren, aber eindeutig beweisen konnte ich es eben nicht. Und welche Konsequenzen würde ich aus diesem Fall ziehen? Eigentlich gab es nur eine – Rausschmiss aus der Mannschaft. Das würde mir gerade bei Ernesto extrem schwer fallen. Er war unser bester Torschütze und einer meiner Lieblingsspieler, mit dem ich immer gut ausgekommen war. Aber Mannschaftskameraden bestehlen geht gar nicht und muss hart sanktioniert werden.

Am Mittwoch im Training rief ich die Mannschaft zusammen. „Steffen hat mich am Samstag nach dem Spiel angerufen und mir mitgeteilt, dass ihm 50 Euro geklaut wurden. Weiß jemand von euch was? Hat jemand was Verdächtiges gesehen?", fragte ich. Allgemeines Kopfschütteln. „Die Kabine war abgeschlossen, wir waren nur in der Halbzeitpause drinnen. Und dann habe ich den Schlüssel einmal aus der Hand gegeben", fuhr ich fort. „Ich habe keine Beweise und werde deshalb hier auch keinen Verdacht aussprechen. Aber falls jemand von euch weiß wo das Geld ist, sollte er es entweder Steffen direkt zurückgeben, oder es mir anonym in den Briefkasten schmeißen. Über Konsequenzen reden wir dann später. Bis zum nächsten Training übermorgen muss der Fall geklärt sein" „Jetzt weißt du, was sie in der Kabine gemacht haben", murmelte Lukas. „Ja, aber nicht das, was du vermutet hast", antwortete ich und wir mussten beide grinsen.

Als ich am nächsten Tag von der Arbeit nach Hause kam, lagen 25 Euro in meinem Brief-kasten, dabei ein Zettel mit der Aufschrift „Steffens Geld". Das war Roberto, er wohnt nur 100 Meter von mir entfernt. Die eine Hälfte hatten wir also. Ernesto wohnte ein paar Kilometer außerhalb von Finthen und hatte eine schlechte Busanbindung. Ich holte ihn vor jedem Training mit dem Auto ab und brachte ihn nach dem Training wieder nach Hause. Das war am Freitag nicht anders. Er ließ sich auf der Fahrt zum Sportplatz nichts anmerken. Kurz vor Trainingsbeginn ging ich zu Steffen und gab ihm die 25 Euro, die bei mir im Brief-kasten waren. „Hier ist der erste Teil", sagte ich. „Den Rest hat Ernesto mir gerade gegeben und sich bei mir entschuldigt", sagte Steffen. „Es war Robertos Idee. Er hat die Taschen durchsucht, Ernesto hat nur Schmiere gestanden. Roberto hat ihm dafür die Hälfte abgegeben", erklärte Steffen. „Und was schlägst du jetzt als Strafe für die beiden vor?

Morgen spielen sie auf keinen Fall. Am liebsten würde ich sie rausschmeißen", sagte ich. „Lass gut sein", entgegnete Steffen. „Es sind zwei wichtige Spieler, wir brauchen sie. Ich habe mein Geld wieder, der Fall ist geklärt, also von mir aus keine Bestrafung."

Ich konnte das Ganze aber nicht so einfach auf sich beruhen lassen. Also rief ich die Jungs wieder zusammen. „Ich muss kurz auf den Diebstahl vom letzten Wochenende eingehen", begann ich. „Der Fall ist geklärt, Ernesto und Roberto haben Steffen das Geld zurückgegeben. Klauen an sich ist schon schlimm, aber es gibt nichts Erbärmlicheres, als Mannschafts-kameraden zu bestehlen. Da besteht ein Vertrauensverhältnis, dass hier in schändlicher Weise missbraucht worden ist. Ich hätte beide aus der Mannschaft geworfen, aber Steffen hat gesagt, dass der Fall für ihn erledigt ist und er keine Strafe für die beiden fordert. Also Ernesto und Roberto, bedankt euch bei ihm, dass ihr hier weiterspielen dürft. Für morgen streiche ich euch allerdings aus dem Kader, denn einfach so ungestraft lasse ich euch nicht davonkommen", bestimmte ich. „Möchte noch jemand aus der Mannschaft was dazu sagen?" Wollte niemand. Also trainierten wir ganz normal, spielten das nächste Spiel ohne Ernesto und Roberto (Ernesto entschuldigte sich auf der Heimfahrt übrigens auch bei mir) und danach waren beide wieder Teil der Mannschaft. Ich hatte zwar ein etwas mulmiges Gefühl dabei, aber es passierte den Rest der Saison nichts Derartiges mehr. Ich hoffe, die beiden haben aus der Sache gelernt.

Eine ungewöhnliche Beziehung

Die Arbeit mit den Jungs machte mir Spaß, sie waren eine tolle Truppe mit tollem Teamgeist und sowohl fußballerischer, als auch menschlicher Qualität. Doch nachdem ich viele von ihnen vier Jahre, einige fünf Jahre und Ernesto und Bernd sogar sechs Jahre lang trainiert hatte, war es Zeit für mich, mal wieder eine andere Gruppe zu übernehmen und andere Gesichter zu sehen. Also bewarb ich mich im April, als die Teams für die kommende Saison vergeben wurden, um die D2. Eine Truppe aus vielen Spielern des jüngeren Jahrgangs, die den Sprung vom Kleinfeld aufs Großfeld vor sich hatten. Das hatte ich zuletzt mit Bernd, Ernesto, Chris und Co. vor fünf Jahren gemacht und ist immer eine Herausforderung. Ich fragte Waldi, ob er auch in der nächsten Saison mein Co-Trainer bleiben wollte. „Nein, lass mal. Das kollidiert mit Daniel (seinem jüngeren Sohn), der spielt ja dann D1. Aber du kannst Christoph fragen. Er hat neulich zu Hause gesagt, dass du ein absolutes Vorbild für ihn bist und dass er gerne Co-

Trainer bei dir werden würde, wenn du eine andere Mannschaft übernimmst." „Aber Christoph ist erst fünfzehn und die Spieler, die ich übernehme sind elf Jahre alt", gab ich zu bedenken, „da kann es zu Problemen mir der Autorität kommen, der Alters-unterschied scheint mir zu gering zu sein." „Frag ihn einfach mal und versucht es. Und wenn es nicht klappt, dann ist es halt so", sagte Waldi.

Im nächsten Training teilte ich der Mannschaft meinen Entschluss mit. Die Jungs waren sehr enttäuscht, hätten gerne noch ein Jahr mit mir weiterge-macht. „Einen von euch würde ich gerne als Co-Trainer mit in die D-Jugend neh-men", sagte ich. „Hat jemand Interesse?" Christophs Arm schoss sofort nach oben. „Ich mache das", rief er voller Enthusias-mus. „Wann ist das erste Training?" „Lass uns erstmal diese Saison zu Ende spielen. Kurz vor den Sommerferien wer-den die Mannschaften umgestellt, ich sage dir dann Bescheid", sagte ich. Damit war das also geklärt. Aber Christoph spielte parallel dazu ja auch noch selbst in der B-Jugend. Das durfte nicht mit unseren Trainingszeiten kollidieren. Glücklicherweise war ich derjenige, der den Trainingsplan erstellte. Da der B-Jugendtrainer ohnehin an anderen Tagen trainieren wollte als ich, war das also kein Problem. Jetzt konnte nur noch die Schule dazwischenkommen. Christoph kam in die 9.Klasse in der Realschule, da waren die Noten natürlich wichtig und es standen Berufspraktika an. „Schaffst du das alles parallel?", fragte ich Christoph. „Ja, geht schon. Notfalls gehe ich nur einmal pro Woche zur B-Jugend ins Training und setze mich sonntags auf die Bank", antwortete er.

Mitte Juni begannen wir also das Training mit dem neuen Team. Ich ließ Christoph erstmal die beiden Torhüter trainieren, das war ja schließlich seine Position, da kannte er sich aus. Mehr und mehr band ich ihn dann auch ins Training mit den Feldspielern ein. Bevor es in die vierwöchige Sommerpause ging, setzten wir uns bei mir zu Hause zusammen und analysierten die Stärken und Schwächen der einzelnen Spieler. Christoph beobachtete gut und hatte von den meisten Jungs die gleichen Eindrücke wie ich. „Wir sehen uns in vier Wochen zum nächsten Training wieder, schöne Ferien", sagte ich zur Verabschiedung. „Wir fahren nicht weg, nur auf den Campingplatz wie immer", antwortete Christoph. „Aber auch das ist Erholung. Also bis dann!"

Unsere Jungs gewöhnten sich relativ schnell an den wesentlich größeren Platz und die längeren Laufwege, nur Torwart Jörg hatte Probleme mit dem großen Tor. Damals wurde noch ab der D-Jugend elf gegen elf über den ganzen Platz und auf die großen Tore gespielt. Jörg war klein, verfügte aber über ein sehr gutes Stellungsspiel und gutes Sprungvermögen. Hohen Bällen konnte er aber nur hilflos hinterherschauen. Da wir überwiegend gegen Mannschaften spielten, die mit Spielern aus dem älteren Jahrgang besetzt waren, waren wir körperlich unterlegen und hatten in der Liga einen schweren Stand. Wir verloren die meisten Spiele und wurden am Ende Vorletzter. Christoph wurde von den Jungs akzeptiert, sie hörten auf seine Kommandos und ich konnte ihm immer mehr Aufgaben im Training übertragen. Nach jedem Training gingen wir noch zu mir nach Hause und tauschten unsere Eindrücke aus. Auch die Aufstellungen für samstags besprachen wir gemeinsam. Bald kam Christoph auch nach dem B-Jugendtraining noch zu mir und wir saßen fast jeden Abend zusammen. Wenn er nicht bei mir war, spielten wir Online-Poker um Spielgeldchips am Computer und schrieben uns über ICQ (das war damals das übliche Chatprogramm).

So ganz wohl fühlte ich mich mit dieser Situation nicht, Christoph war doch sehr anhänglich. Also fragte ich Waldi, was er davon hielt, dass Christoph so viel Zeit mit mir verbrachte. „Das ist Marion und mir ganz recht", antwortete Waldi. „Wir wissen, dass er bei dir in guten Händen ist. Es ist uns lieber, er verbringt seine Freizeit mit dir, als dass er mit gleichaltrigen Kumpels raucht, säuft, kifft, oder noch ganz anderen Blödsinn macht. Nur

Mädchen lernt er bei dir nicht kennen. Er ist fünfzehn, da wird es langsam mal Zeit dafür." „Und wenn er auf Jungs steht?", fragte ich provozierend. „Dann schmeiße ich ihn zu Hause raus, sowas gibt es bei mir nicht", polterte Waldi. Ich hatte zwar keinen Verdacht in diese Richtung, aber man weiß ja nie. Klar, ich war ein Idol für Christoph, fast schon ein Halbgott. Wenn ich etwas erklärte, hing er förmlich an meinen Lippen. Aber dass er so viel Zeit mit mir verbringen wollte, war doch un- gewöhnlich. Er hatte immer noch einen Wahnsinnsrespekt vor mir. „Du brauchst dich nicht so klein vor mir zu machen, du bist nicht mehr mein Spieler. Wir sind jetzt Trainer und Co-Trainer, wir können uns auf Augenhöhe begegnen", sagte ich zu Christoph, als er sich mal wieder zu unterwürfig verhielt. Zur Verstärkung meiner Worte hielt ich ihm die Hand zum Abklatschen hin. Er schlug ein und fortan war das unser festes Ritual zur Begrüßung und Verabschiedung.

Dienstags hatten wir beide kein Trai- ning. „Was machst du morgen nach Feierabend?", fragte Christoph eines Montags abends, als wir mal wieder pokerten. „Keine Ahnung, ich bin zu Hause", antwortete ich. „Du hast doch früher mal Tennis gespielt. Kannst du mir das beibringen?", fragte er. „Ich kann mal nachfragen, ob in Bretzenheim in der Halle ein Platz frei ist", sagte ich. „Ich melde mich bei dir." Es war ein Platz frei, ich hatte auch noch zwei alte Schläger und Bälle im Keller rumliegen, also fuhren wir nach Bretzenheim und spielten eine Stunde Tennis. Obwohl Christoph keine Chance gegen mich hatte, wollte er das immer wieder machen. Wir verständigten uns auf einmal im Monat, schließlich musste ich den Platz bezahlen.

Nachdem die erste Saison mit Christoph als Co-Trainer gut verlaufen war, gingen wir auch die zweite D-Jugendsaison zusammen an. Jetzt waren die Jungs im älteren Jahrgang und konnten besser mit den Gegnern mithalten. Aber die ersten von ihnen kamen jetzt in ihre rebellische Phase und es kam zu den von mir befürchteten Respektsproblemen Chris-

toph gegenüber. Immer wieder missach-
teten einige Jungs seine Kommandos,
immer wieder musste ich eingreifen.
Klar, die Jungs waren teilweise auf der
gleichen Schule wie Christoph, sie begeg-
neten sich auf dem Pausenhof auf Augenhöhe und jetzt sollten sie plötzlich Respekt vor ihm haben. Aber letzte Saison
hatte es doch auch geklappt.

Als das Freitagstraining von dem
2.Spieltag begann, war Christoph nicht
auf dem Platz. Er war sonst immer
pünktlich und hatte mir nicht gesagt,
dass er nicht kommen konnte. Zehn Minuten nach Trainingsbeginn kam er an-
gerannt. „Sorry, ich hatte noch einen Termin", schnaufte er. Als wir nach dem
Training wieder bei mir zusammen-sa-
ßen und die Aufstellung für Samstag
machten, sprach ich ihn auf seine Ver-
spätung an. „Ich erwarte von allen Spielern, dass sie pünktlich sind und wir
beide sind Vorbilder. Also müssen wir
auch pünktlich sein", sagte ich. „Du hättest mir auch eine SMS schreiben können, dass du später kommst. Aber so gar
nichts?", fragte ich. Christoph schaute

verlegen nach unten. „Ich dachte, ich würde es rechtzeitig schaffen", murmelte er. „Kommt nicht wieder vor, ich weiß, dass wir da Vorbild sein müssen."

Zwei Wochen später erzählte er mir, dass er bis nachts um vier Uhr auf einer Party war. Das ist zwar für Jugendliche in seinem Alter nicht ungewöhnlich, aber bei ihm kannte ich sowas nicht. Vorsichtshalber sprach ich ihn an: „Nur mal so, du bist jetzt 16, da sind immer auch Mädchen im Spiel. Ich möchte wissen, wenn du eine Freundin hast. Ich stelle keine Fragen. Wie sie heißt, wie sie aussieht oder was ihr so alles miteinander macht ist nicht wichtig für mich – so lange sie deine Tätigkeit als Co-Trainer nicht beeinflusst. Wenn du immer pünktlich und zuverlässig bist und deine Arbeit gut machst, kannst du Freundinnen haben, so viele du willst. Aber wenn deine Arbeit hier darunter leidet, bekommen wir ein Problem miteinander. Dann musst du dich entscheiden, was dir wichtiger ist. Und wenn es die Freundin ist, dann muss und kann ich damit leben." „Ich habe keine Freundin", protestierte Christoph.

„Ich kann doch wohl mal auf eine Party gehen." Klar, aber seine Zuverlässigkeit nahm in den letzten Wochen doch leicht ab.

„Morgen kann ich nicht ins Training kommen, ich bin bei einem Freund zum Geburtstag eingeladen", schrieb Christoph mir dienstags abends. Ich rief ihn an: „Ich möchte morgen ein paar Einzelgespräche mit den Jungs in der Kabine führen, da brauche ich dich auf dem Platz." „Geht nicht", antwortete er. „Aber ich kann meinen Vater vorbei schicken, der macht dann das Training für mich." „Finde ich nicht gut", sagte ich. „Dein Vater ist nicht mehr mein Co-Trainer, die Jungs kennen ihn nicht. Kannst du nicht später auf die Party gehen?" „Nein, ich muss noch was vorbereiten, ich muss um fünf bei meinem Freund sein. Tut mir leid", sagte Christoph und legte auf. Am nächsten Tag stand Waldi dann mit mir auf dem Trainingsplatz. „Schön, dass du einspringst", sagte ich, „aber dass Christoph so plötzlich auf die Geburtstagsparty muss, überrascht mich doch. Was ist denn da so wichtig?", fragte ich.

„Welche Geburtstagsparty?", fragte Waldi zurück. „Er ist bei seiner Freundin." Ich war wie versteinert. Hatten wir nicht vor drei Wochen über dieses Thema gesprochen? Hatte er mir nicht hoch und heilig versichert, dass er keine Freundin hatte? Jetzt war mir klar, was der wichtige Termin war, wegen dem er zu spät ins Training gekommen war. Und jetzt wusste ich, was er bis morgens um vier auf der Party gemacht hatte.

„Schön, das auch mal zu erfahren", sagte ich zu Waldi. „Wie lange hat er die Freundin schon?" „Ach, das wusstest du nicht?", fragte Waldi verdutzt. „Die hat er schon seit etwa vier Wochen, ich dachte, er hätte es dir schon erzählt. Also, du weißt von nichts, ich habe nichts gesagt", sagte Waldi. „Ich hatte ihm versprochen, es dir nicht zu erzählen." Das war der nächste Schlag in die Magengrube. Dass Christoph irgendwann eine Freundin haben würde war mir klar, aber ich war mir sicher, dass ich der Erste bin, dem er es erzählt. Jetzt war ich der Letzte, der es erfuhr. Und auch das nur auf Umwegen. Wir hatten so ein vertrauensvolles Verhältnis zueinander, fast schon ein Vater-Sohn-Verhältnis, dieses Vertrauen war mit einem Schlag zerstört, von diesem Schock musste ich mich erstmal erholen.

Das Training war jetzt eigentlich unwichtig. Aber ich wollte die Einzelgespräche führen, also machte ich das und Waldi leitete draußen das Training. „Das ist ein echt cooler Trainer. Können wir nicht vielleicht ihn statt Christoph haben?", fragten einige Jungs nach dem Training. „Nein, Waldi hat heute einmal ausgeholfen. Christoph bleibt mein Co-Trainer", sagte ich. Aber wollte ich das wirklich noch? Ich ging nach Hause und machte mir intensiv Gedanken. Wie würde ich Christoph im nächsten Training begegnen? Offiziell wusste ich ja nichts von seiner Freundin. Konnte es nach diesem Vertrauensbruch überhaupt zusammen weitergehen, oder sollten wir uns besser trennen? Würde er wieder zuverlässig werden und seinen Job erfüllen? Eigentlich war er ja nur einmal zu spät und hatte jetzt ein Training ausfallen lassen, das kann passieren und ist kein Grund für eine Trennung. Aber wie würde es weitergehen? Wie würde er sich die Zukunft vorstellen? Es bestand großer Redebedarf.

„Was war denn jetzt so wichtig an der Geburtstagsparty, dass du dafür das Training ausfallen lassen musstest?", fragte ich Christoph, als wir nach dem Freitagstraining bei mir waren um die Aufstellung für Samstag zu besprechen. „Die Party ist erst morgen", sagte er. „Aber wir hatten noch einiges vorzubereiten." „Wer ist wir?", fragte ich weiter. „Mein Freund und ich", antwortete Christoph. Ich tastete mich in einem echten Frage- und Antwortspiel immer näher an das entscheidende Thema heran. Doch Christoph versuchte immer wieder auszuweichen, wollte sich immer wieder herausreden. Nach einer Stunde intensiver Befragung gab er endlich klein bei. „Ja, ich gebe es zu, ich habe eine Freundin", sagte er mit gesenktem Kopf. „Das weiß ich", erwiderte ich. „Dein Vater hat es mir vorgestern gesagt. Aber warum hast du es mir nicht selbst gesagt?" „Mein Vater, ich hasse ihn", fauchte Christoph. „Er ist unschuldig", beruhigte ich ihn. „Er war sich sicher, dass du es mir schon gesagt hast und war ganz peinlich berührt, dass ich es noch nicht wusste. Aber warum hast du mir nichts gesagt?" „Ich weiß, dass du es nicht willst. Du willst, dass ich mich genauso auf den Fußball konzentriere wie du es machst. Und du hast auch keine Freundin", sagte er. „Ich habe mir früher von Mädchen und Frauen so viele Körbe eingefangen, dass ich ein Korbgeschäft aufmachen könnte. Da habe ich mich irgendwann dazu entschlossen, Single zu bleiben. Aber das hat doch nichts mit dir zu tun", erklärte ich. „Ich habe dir doch gesagt, dass du so viele Freundinnen haben kannst wie du willst, so lange deine Tätigkeit als Co-Trainer nicht darunter leidet. Weiß sie, dass du nicht nur selbst spielst, sondern auch Co-Trainer bist?" „Das weiß Melanie, und sie findet gut, dass ich das mache. Sie ist auch bereit, die Jungs zu Auswärtsspielen zu fahren, wenn wir mal nicht genug Autos haben und sie kein

Tennisspiel hat." Aha · Tennis. Jetzt wusste ich, warum er unbedingt Tennis mit mir spielen wollte. Die beiden kannten sich scheinbar schon länger, waren aber erst seit Kurzem zusammen. Aber Auto fahren? „Jetzt muss ich doch mal fragen, wie alt deine Freundin ist", hakte ich nach. „19 – warum?", antwortete er. „Na ja, es ist schon ungewöhnlich, dass Jungen in deinem Alter eine Freundin haben, die älter ist", merkte ich an. „Was will ich den mit einer 14-jährigen?", empörte sich Christoph. „Von Melanie kann ich wenigstens was lernen!" Ach so, dann war das also neulich keine Party bis morgens um vier, sondern eine Fortbildungs- veranstaltung... Um das Ganze abzu- kürzen: Christoph war fortan immer pünktlich im Training und bei den Spie- len und strengte sich richtig an. Er schien zu ahnen, dass ich nur auf einen Fehltritt von ihm wartete, um ihn raus- zuschmeißen. Denn mein Vertrauensver- hältnis zu ihm war unwiederbringlich zerstört. Das Abklatschen zur Begrü- ßung und Verabschiedung ließen wir von da an sein, er kam nach dem Training auch nur noch selten mit zu mir nach Hause.

In der Winterpause stand wieder die Hallenrunde an. Wir sollten sonntags um 14 Uhr in Nieder-Olm spielen. Für Samstag wurden noch Schiedsrichter gesucht. Da ich noch nichts vorhatte, meldete ich mich zum Pfeifen für den ganzen Tag. Acht Stunden à 5 Euro plus Fahrtkosten – leicht verdientes Geld. Als ich in Nieder-Olm ankam und den Spielplan sah, wurde mir heiß und kalt: 14-16 Uhr D-Jugend mit Harxheim, Bretzenheim, Finthen D2, Hechtsheim D2 und Nieder-Olm D2 stand da. Finthen D2 war meine Mannschaft. Ich ging zum Turnierleiter. „Was ist das? Warum spielen wir heute? Wir sind doch erst morgen dran", fragte ich ihn. „Wir haben doch Samstag und Sonntag getauscht, die neuen Pläne haben wir letzte Woche an die Vereine geschickt", antwortete er. „Jetzt habe ich ein Problem", sagte ich, „Ich habe meine Jungs für morgen bestellt. Jetzt muss ich schauen, wie ich bis 14 Uhr sechs Spieler zusammenbekomme." Es war kurz nach 9 Uhr und ich wusste, dass Christoph an

Wochenenden gerne lange schläft. Aber das war jetzt egal, ich musste ihn anrufen. Er war zum Glück schon wach. „Alarm!", rief ich, „Ich bin in Nieder-Olm zum Pfeifen und wir spielen heute schon. Bis 13:30 Uhr musst du mindestens sechs Spieler auftreiben und hier in der Halle sein. Du hast die Telefonliste, ruf bitte alle an. Auch die Jungs, die morgen nicht hätten spielen sollen." „Ich kann es versuchen", sagte Christoph, „ich melde mich, wenn ich alle erreicht habe." Gegen 11:30 Uhr klingelte mein Handy. Zum Glück war ich gerade nicht am Pfeifen (Schiri – Telefon!!). Christoph war dran. „Ich habe sechs Jungs zusammen. Aber die Eltern können alle nicht fahren", schilderte er die Lage. „Melanie kann uns hinfahren, mein Vater holt uns ab, aber wir brauchen noch ein zweites Auto." „Das kann ja dann nur ich sein", sagte ich. „Ich sage der Turnierleitung Bescheid. Treffpunkt in einer Stunde am Sportplatz." Ich sprach alles mit dem Turnierleiter ab und fuhr nach Hause. Wir waren drei Schiedsrichter, dann mussten die beiden anderen halt meine

Spiele mitpfeifen. Ich traf Christoph und die Jungs am Sportplatz, wir teilten alle auf und fuhren nach Nieder-Olm. Das war übrigens das erste und einzige Mal, dass ich Melanie kurz zu Gesicht bekam. „Du hast heute die Verantwortung für die Mannschaft", sagte ich zu Christoph, und die Jungs ermahnte ich: „Und ihr hört auf das, was Christoph sagt. Mich kennt ihr nicht, ich bin der Schiedsrichter. Ich werde auch Spiele von euch pfeifen. Also bitte sprecht mich nicht mit „Frank" an." Die Jungs nickten. Die Spiele gingen ohne Probleme über die Bühne, richtige Platzierungen gab es in der Hallenrunde seit letzter Saison nicht mehr, es war reine Beschäftigung für die Kinder, damit auch in der Winterpause so etwas wie Spielbetrieb ist. Die drei Jungs, die bei mir im Auto waren, mussten noch in der Halle warten, weil nach uns noch eine Gruppe spielte und ich noch pfeifen musste. Nach meinem zweiten Spiel winkte mich der Turnierleiter zu sich. „Mach deine Abrechnung fertig und fahr heim. Deine Jungs wollen nach Hause", sagte er. „Gut, aber was soll ich

abrechnen?", fragte ich. Ich hatte schließlich statt der vereinbarten acht Stunden
höchstens drei gepfiffen. „Rechne acht
Stunden ab, du hattest einen stressigen
Tag. Ich bin froh, dass wir den Turnier-
plan einhalten konnten und nicht alles
umschreiben mussten", sagte er. Ich
machte meine Abrechnung, bedankte
mich herzlich und wir fuhren nach
Hause.

Die Rückrunde wurde in mehrerlei Hin-
sicht schwierig. Mein Verhältnis zu
Christoph wurde nach seinem Einsatz in
Nieder-Olm zwar wieder besser, aber in
Ordnung war es längst nicht. Die Jungs
wurden ihm gegenüber immer respekt-
loser, ich musste teilweise mehr moderie-
ren als trainieren und die Ergebnisse waren schlechter als in der Hinrunde. Ir-
gendwas musste ich zur nächsten Saison
ändern. So entschloss ich mich frühzeitig, einen neuen, erwachsenen Co-Trainer zu verpflichten. Christoph konnte die
Jungs nicht weiter trainieren. „Du fängst
im Sommer deine Ausbildung an, du hast
eine Freundin und du spielst noch selbst,
das reicht. Danke für die drei Jahre als

Torwart und die beiden Jahre als Co-Trainer, aber jetzt trennen sich unsere Wege", verabschiedete ich mich von ihm. „Danke ebenfalls, man sieht sich ja noch auf dem Platz", sagte er. Er war enttäuscht, aber es war das Beste für uns beide.

Christoph und Melanie sind übrigens immer noch zusammen, mittlerweile seit 15 Jahren. Christoph trainierte zeitweise eine F-Jugend mit einem Freund zusammen, war dann aber berufsmäßig so eingespannt, dass er sowohl seine Spieler-, als auch seine Trainerkarriere frühzeitig beenden musste.

Mein neuer Co-Trainer war Mattes, der Vater unseres Torwarts Jörg. Es brauchte eine lange Bedenkzeit und viel gutes Zureden von seiner Frau, bis er mir zusagte. Aber er war ein gestandener Fußballer mit jeder Menge Erfahrung — mit ihm zusammen würde ich den Haufen rebellierender Jugendlicher schon unter Kontrolle halten können.

Ein Team bricht auseinander

In der Vorbereitung auf die C-Jugendsaison stand auf einmal ein mir unbekannter Junge auf dem Platz. „Das ist Ronny, er wohnt bei uns im Block und ist unser Freund. Er will bei uns mitspielen. Er war vor ein paar Jahren schon mal hier und hat einen Spielerpass", erklärte Mike. „Hallo Ronny, ich bin Frank. Du darfst dreimal mittrainieren, dann muss ich entscheiden, ob ich dich in die Mannschaft aufnehme oder nicht", sagte ich.

Ronny war zwar kein Superspieler, konnte uns offensiv aber durchaus weiterhelfen. Außerdem war er ein Leadertyp, der ständig Anweisungen gab. Von diesen Spielertypen hatte ich zu wenig, also nahm ich ihn in die Mannschaft auf. Sein Spielerpass lag beim Jugendleiter bei den „Karteileichen", also konnte Ronny sofort für uns spielen.

Praktisch zeitgleich mit Ronny kam auch Martin zur Saisonvorbereitung. Ihn kannte ich allerdings schon. Er spielte vorletzte Saison schon bei mir - ein starker Verteidiger, der jedem Angreifer das

Leben verdammt schwer machte. Er war ein absoluter Stammspieler und eine echte Führungsfigur. Mitten in der Saison kam er aber plötzlich nicht mehr und nannte auch keinen Grund. Wie ich später erfuhr, hatte seine Mutter einen neuen Freund und der trainierte eine Mannschaft in Kostheim. Dort spielte Martin letzte Saison. Jetzt war er also wieder bei mir und wollte zurück zu uns wechseln. Ich sah das mit gemischten Gefühlen, aber gute Verteidiger kann man immer gebrauchen. Martin hängte sich voll rein, zeigte hohes Engagement, ging in allen Trainingseinheiten mit gutem Beispiel voran und wurde so auch ein Kandidat für die Kapitäns-binde. Aber sollte ich jemanden zum Kapitän machen, der mich und das Team so kläglich im Stich gelassen hatte? Ich zögerte lange, aber da sich sonst niemand so richtig für diese Aufgabe empfahl, rief ich Martin zwei Wochen vor Saisonstart zu mir.

„Du trainierst extrem gut, bist ein Vorbild für alle anderen und ich überlege, ob ich dich zum Kapitän machen soll", begann ich. Martin strahlte. „Aber ich habe nicht vergessen, dass du uns vorletzte Saison im Stich gelassen hast, als wir dich dringend gebraucht hätten", fuhr ich fort. „Das war ein Fehler von mir, das kommt garantiert nicht mehr vor. Als Kapitän bin ich ja Vorbild, da mache ich sowas nicht", versicherte Martin. Ich fragte ein paar Spieler, die vorletzte Saison auch schon im Kader waren, ob sie Martin als Spielführer akzeptieren würden. Als sie zustimmten, gab ich ihm die Kapitänsbinde.

Die ersten Spiele liefen richtig gut, wir holten 15 Punkte aus sechs Partien, die Stimmung war spitze, alle 18 Spieler waren hochmotiviert und jeder bekam seine Einsatzzeiten. Martin führte das Team defensiv und Ronny schoss vorne die Tore, die Jungs gaben Vollgas und traten als echte Einheit auf.

Der 31. Oktober war ein Mittwoch, also Training. Eine halbe Stunde vor Trainingsbeginn bekam ich eine SMS von Martin. „Ich komme heute nicht, bin zu einer Halloweenparty eingeladen", schrieb er. „Du kommst! Auf die Party kannst du nach dem Training gehen", schrieb ich zurück. „Nein, ich gehe jetzt auf die Party. Ich muss da was klären mit einem anderen Jungen", antwortete Martin. Klar, da ging es um ein Mädchen, das hatte ich am Rande mitbekommen. Aber das war mir egal. „Du bist Kapitän der Mannschaft und musst den anderen Jungs ein gutes Vorbild sein", appellierte ich an ihn. Keine Reaktion.

Als ich auf den Platz kam, waren alle Jungs da – außer Martin. „Wo ist Martin?", fragte Stefan. „Auf einer Halloweenparty", sagte ich. „Wie? Das ist unser Kapitän! Der kann doch nicht einfach auf eine Party gehen. Wir sind auch auf eine Party eingeladen, aber Training geht vor", protestierte Mohammed. „Das habe ich ihm auch gesagt", antwortete ich, „Und das wird auch Konsequenzen haben." Kapitän hin oder her – was Disziplin angeht, sind alle gleich. Im Freitagstraining teilte ich Martin mit, dass ich ihn die nächsten beiden Spiele nicht spielen lassen würde. Er hatte damit offensichtlich nicht gerechnet.

Das Spiel am Samstag verloren wir 0:3, wobei der Gegner deutlich besser war und wir auch mit Martin verloren hätten. In der Folgewoche grassierte ein Magen-Darm-Virus in der Mannschaft und im Freitagstraining hatte ich gerade noch zehn Spieler – plus Martin, den ich ja eigentlich für das nächste Spiel noch suspendiert hatte. Da ich nicht in Unterzahl spielen wollte, nahm ich Martin zähneknirschend mit und setzte das zweite Spiel Pause zur Bewährung aus. Gegen einen eigentlich schwachen Gegner lagen wir schnell 0:3 zurück und holten am Ende dank unseres Standardspezialisten Mohammed, der zwei Freistöße und einen Elfmeter verwandelte, ein glückliches 4:4. Die Stimmung war nicht mehr so gut wie noch am Anfang der Saison.

Die nächste Partie führte uns zum verlustpunkt-freien Tabellenführer 1817, alle Mann waren wieder an Bord, aber auf meinen Kapitän wollte ich hier natürlich nicht verzichten. Die Jungs kämpften wacker und wir lagen zur Halbzeit nur 1:2 zurück. „Braucht jemand eine Pause?" fragte ich wie immer in der Halbzeitpause. „Ja, ich muss raus, mein Knie tut weh", sagte Martin. „Was? Du warst unser mit Abstand bester Mann, von Schmerzen war nichts zu sehen", war ich verwundert. „Es geht aber nicht mehr, ich muss raus", beharrte Martin. „Kannst du nicht noch ein paar Minuten auf die Zähne beißen? Ohne dich haben wir überhaupt keine Chance", fragte ich ihn. „Nein, es geht nicht mehr", antwortete Martin und ging in die Kabine. Als er zurückkam, war er schon umgezogen, ich konnte ihn also auch später nicht mehr einwechseln. Wir verloren ohne ihn als Stabilisator in der Defensive mit 2:6.

In der Folgewoche ging Martin zum Arzt und schrieb mir anschließend, dass er bis zur Winterpause nicht mehr spielen könne, weil sein Knie verletzt sei. Für die vier Spiele bis dahin setzte ich Ömer als Kapitän ein. Wir gingen als Vierter in die Pause und hatten noch eine kleine Chance, mit einer Siegesserie in der Rückrunde auf Platz zwei zu klettern. 1817 war zu dominant, der Titel war schon nach der Hälfte der Saison vergeben.

In der Wintervorbereitung steht naturgemäß auch Konditionstraining auf dem Programm. Fußballer laufen generell nicht gerne und Konditionstraining ist verhasst – Ausnahmen bestätigen die Regel. Auch meine Jungs machten die Sprints und Hangläufe nur missmutig. Als ich sie aufforderte, in zwei Gruppen je zehnmal den Hang hochzusprinten, kam Ronny zu mir. „Vergiss es, das mache ich nicht." „Wir auch nicht", sagten Rashid und Ralf. „Wir wollen Fußball spielen", ergänzten Mike und Andy. „Wenn ich sage, dass ihr Hangläufe machen sollt, dann macht ihr das. Fußball spielen wir heute auch noch, keine Angst", bestimmte ich. „Wir laufen nicht", wiederholte Ronny. Die anderen Jungs wussten nicht so recht, wie sie sich verhalten sollten. Klar wollten sie auch lieber spielen, aber Ansage ist Ansage. Also stellten sie sich in zwei Gruppen auf und warteten auf meinen Startpfiff. Die fünf Rebellen standen um mich herum und schauten mich an. „Und wenn du dich auf den Kopf stellst, wir laufen nicht", wiederholte Ronny, der eindeutig der Sprecher der Gruppe war. „Also gut, nehmt euch einen Ball und macht ein Eckchen auf", sagte ich, „aber bitte da hinten, da stört ihr niemanden." Die fünf klatschten sich ab und lachten. Der Rest der Mannschaft inklusive meinem Co-Trainer Mattes schaute mich verwundert an. „So, ihr lauft jetzt. Und dann könnt ihr auch spielen", sagte ich und pfiff. Die Jungs zögerten etwas, absolvierten dann aber ihre zehn Hangläufe. „Gut, Anton und Jörg ins Tor, alle anderen nehmen sich einen Ball", rief ich. Die Jungs begannen mit der Torschussübung. Jetzt merkten auch die fünf Rebellen, dass das

Konditionstraining vorbei war und kamen zu mir. „Geht spielen", sagte ich. „Nein, wir wollen Torschuss machen", antwortete Mike. „Vergiss es", sagte ich. „Ihr wolltet spielen, also spielt." „Nein, wir wollen das machen, was die anderen auch machen", sagte Andy. „Na wenn das so ist", grinste ich und zeigte Richtung Hang. „Ihr wisst, was zu tun ist." Mit in der Tasche geballten Fäusten rannten die Fünf den Hang zehnmal rauf und runter, der Rest der Mannschaft frohlockte.

„Was ist eigentlich mit Martin?", fragten mich die Spieler immer wieder. „Er wollte nach der Winterpause wieder kommen", antwortete ich. „Ich schreibe ihm nachher mal." Martin schrieb zurück, dass sein Knie noch nicht ganz ausgeheilt sei und er noch zwei Wochen bräuchte. Als ich das den Jungs im nächsten Training erzählte, lachte Tom. „Ach so, sein Knie tut noch weh. Gestern hat er den ganzen Nachmittag mit den Nachbarsjungen auf der Straße gekickt, da war von Knieschmerzen nichts zu sehen." Ich war wie versteinert. So ganz

166

abgenommen hatte ich ihm die Verletzung zwar von Anfang an nicht, aber dass er uns wieder im Stich lassen würde, hätte ich nicht gedacht. Ich gab die Kapitänsbinde frei, jeder konnte sich mit guten Trainingsleistungen um dieses Amt für die Rückrunde bewerben.

Zum nächsten Training kam Martin wieder. Ich erklärte ihm die neue Situation, sagte ihm aber auch, dass er sich natürlich die Binde zurückholen konnte, wenn er gut trainierte. Martin nickte, trainierte ganz normal mit, ging nach dem Training nach Hause und kam nie mehr wieder. Er hatte es also doch wieder getan. Er hatte uns wieder im Stich gelassen, allen Beteuerungen vor der Saison zum Trotz. Ich war bitter enttäuscht.

Mittlerweile hatten sich mehrere Grüppchen in der Mannschaft gebildet. Die good guys, die immer da waren, die zuverlässig waren und immer ordentlich trainierten. Die bad guys um Ronny und Co., die immer wieder provozierten und die Konfrontation mit Mattes und mir suchten, genauso wie sie es letzte Saison schon bei Christoph gemacht hatten. Und der Rest, der keiner der beiden Gruppen zuzuordnen war. Es gab im Training immer wieder Wortgefechte und kleinere Undiszipliniertheiten. Ich konnte sie nicht alle sanktionieren, weil ich ja irgendwie samstags eine spielfähige Mannschaft auf den Platz stellen musste. Im März kam Ronny dann plötzlich nicht mehr, er hatte keine Lust mehr. Somit hatte ich meine beiden besten Spieler verloren und über einige Spieler keine richtige Kontrolle mehr.

Zum Treffpunkt vor dem Spiel in Ober-Olm an einem Dienstagabend waren nur zehn Spieler anwesend. Von den 17 Jungs im Kader hatten fünf dienstags generell keine Zeit, Tom war verletzt und Markus war so erkältet, dass ein Einsatz keinen Sinn gemacht hätte. Also Spiel in Unterzahl. In meinem Auto saßen Mike, Andy und Mohammed. Als wir an der Blumensiedlung vorbeikamen, hatte ich plötzlich eine Idee. „Ist Ronny zu Hause?", fragte ich. „Ja bestimmt. Der zockt sicher Playstation", sagte Mike. „Bitte klingel schnell bei ihm und sag ihm, dass wir ihn als elften Mann brauchen", bat ich Mike. Er stieg aus und kam fünf Minuten später mit Ronny zurück. „Danke, dass du aushilfst", sagte ich. „Ausnahmsweise, damit ihr elf Mann seid.", antwortete Ronny.

Das Spiel begann, wir hatten Anstoß. Mohammed spielte den Ball zu Ronny, der drosch ihn einfach ins Aus. Der Gegner warf ein, der Ball flog drei Meter an Ronny vorbei, aber er blieb stehen und bewegte sich keinen Meter. „Ronny, was ist mit dir los?", rief ich. „Nichts", antwortete Ronny. „Ja, warum läufst du nicht?", fragte ich. „Du hast gesagt, ich soll mitkommen, damit ihr zu elft seid. Von laufen hast du nichts gesagt", meinte er. „Willst du das jetzt über 70 Minuten so durch-ziehen?", fragte ich. Er zuckte mit den Schultern. Als ihn die anderen Jungs, allen voran Kapitän Ömer, richtig die Meinung geigten, bewegte er sich zumindest etwas und spielte den einen oder anderen ordentlichen Ball. Aber wenn ich das gewusst hätte, wäre ich lieber mit nur zehn Spielern angetreten. Wir verloren 0:6, die Jungs waren ziemlich deprimiert. Alle außer Ronny, der feixend durch die Kabine lief. Das war natürlich sein letzter Einsatz für uns.

Als hätten wir in den letzten Spielen nicht schon genug Tiefpunkte erlebt, kam am vorletzten Spieltag im Heimspiel gegen Oppenheim ein weiterer hinzu. Mohammed, Stammspieler auf der Zehnerposition, hatte die Woche über schlecht trainiert und saß deshalb erstmal auf der Bank. Sein Gesicht sprach Bände. Unser Gegner drängte uns hinten rein und brachte uns immer wieder in Verlegenheit, ich musste die Defensive unbedingt verstärken, ohne die Offensive zu sehr zu vernachlässigen. Es stand kurz vor der Halbzeit 1:1, ich schickte Mohammed zum Aufwärmen. „Mit Beginn der 2.Halbzeit kommst du rein und spielst im defensiven Mittelfeld", sagte ich zu ihm. „Ich spiele nicht defensiv", antwortete Mohammed. Er hatte letzte Saison auf der Sechs gespielt und seine Sache gut gemacht, wollte aber jetzt nur noch offensiv spielen. „Mach dich warm",

sagte ich. In der Pause trabte Mohammed lustlos über den Platz, von wirkli-
chem Aufwärmen war nichts zu sehen.
Also begann die 2.Halbzeit ohne ihn.
„Was ist?", fragte er. „Mach dich gründlich warm, dann kommst du auch rein",
sagte ich. „Und wo?", fragte er. „Im defensiven Mittelfeld, das hatte ich doch schon
gesagt." „Nein, da spiele ich nicht". „Sicher?" „Ja, ganz sicher." „Gut, dann setz
dich wieder auf die Bank", sagte ich und
wechselte Rashid ein, der die Position vor
der Abwehr von allen Auswechselspie-
lern noch am besten spielen konnte. Eine
Viertelstunde vor Schluss ging ich nochmal zu Mohammed. „Wie sieht's jetzt
aus?", fragte ich ihn. „Ich spiele gerne offensiv. Wir wollen doch gewinnen", antwortete Mohammed. „Du spielst da, wo
ich dich hinstelle", sagte ich energisch.
„Du spielst defensiv, aber kannst bei
Standardsituationen mit nach vorne gehen. Letztes Angebot." „Ich spiele offensiv, letztes Angebot." „Geh dich umziehen, du spielst gar nicht", beendete ich
die Diskussion. In diesem Moment erzielte Oppenheim das 1:2. „Du brauchst

mich doch jetzt offensiv, oder willst du verlieren?", grinste Mohammed. „Ich will nicht verlieren, aber du spielst trotzdem nicht", setzte ich mich durch. Mohammed ging in die Kabine und wir verloren 1:2. Das war mir in diesem Moment allerdings egal, solche Disziplin-losigkeiten gehen gar nicht. Zwei Trainer-kollegen, die sich das Spiel angeschaut hatten, kamen nach dem Schlusspfiff zu mir. „Ganz toll gemacht Frank", sagte Alfred, „dass du Mohammed nicht gebracht hast und dafür die Niederlage in Kauf genommen hast ist ganz großes Tennis. Der meint wohl, er könnte dir auf der Nase herumtanzen." „Hätte ich dir nicht zugetraut", sagte Jürgen, „Du bist immer der Kumpeltyp, der es jedem Spieler irgendwie rechtmachen will. Aber da warst du knallhart und konsequent. Richtig so!"

Was war bloß aus der hochmotivierten Truppe geworden, die vor zehn Monaten als geschlossene Einheit in die Sommervorbereitung gestartet war? Eine völlig gespaltene Mannschaft, die nicht in den Griff zu bekommen war. Selbst Mattes als gestandener Erstmannschaftsspieler mit jeder Menge Fußballerfahrung konnte das Auseinanderfallen der Mannschaft nicht verhindern. Wir beendeten die Saison nur auf Platz 8, was weit unter den Möglichkeiten dieser Truppe war. Eigentlich hätte ich den jüngeren Jahrgang noch eine weitere Saison trainieren sollen. Ich lehnte aber dankend ab und übernahm die 9-jährigen, die gerade aus der F-Jugend kamen. Eigentlich zu jung für mich, aber von pubertierenden Jugendlichen hatte ich jetzt erstmal die Nase voll.

Zurück auf dem Kleinfeld

Neue Saison, neue Mannschaft, neue Spieler, neue Charaktere, alles auf Anfang! So junge Kinder hatte ich seit 15 Jahren nicht mehr trainiert, auch das war eine Umstellung. Zuerst schaute ich mir die Torwartsituation an. In dem Alter will fast jeder mal ins Tor, aber letzte Saison gab es zwei feste Torhüter: Michael und Peter. Michael war groß und kräftig, rief viel und dirigierte seine Vorderleute, hatte aber immer wieder plötzliche Totalaussetzer was seine Konzentration anging. Manchmal merkte er erst dass ein Ball auf sein Tor kam, wenn das Netz hinter ihm zappelte. Peter war ruhig und immer hellwach und hatte starke Reflexe. Er wurde mein Stammtorwart. Für die Verteidigung hatte ich Dennis, Stefan, Gabor, Jens und Stephan. Da man beim Rufen der Namen die Schreibweise natürlich nicht hören konnte, wurde Stephan nur kurz Steph gerufen. Im Mittelfeld spielten die Zwillinge Mike und Florian, sowie Viktor und Nico. Nico war der mit Abstand größte Spieler und hatte einen extrem strammen Schuss. Er wurde von seinen Mitspielern immer gesucht und war die Schaltzentrale im Zentrum. Für den Sturm hatte ich Ali und Sebastian, wobei Ali der klar bessere Spieler war. Sebastian war klein und lauffaul und legte sich im Training mit jedem an.

Vor der Saison spielten wir drei Turniere. So konnte ich die Jungs schneller kennenlernen und die Positionen gut besetzen. Stefan überzeugte mich mit seinem Ehrgeiz und seinem Kämpfer-herz, er sollte mein Kapitän werden. Das war für alle überraschend, weil Nico eigentlich klarer Favorit auf die Binde war und von allen Spielern auch als Kapitän gesehen wurde. Aber mir gefiel Nicos Spielweise nicht sonderlich. Er trabte die ganze Zeit über den Platz und ging den meisten Zweikämpfen aus dem Weg. Seine Abschlüsse waren zwar hart, aber oft zu unplatziert. Ich brauchte jemanden, der auch kämpferisch voranging. Das erste Turnier lief nicht gut für uns. Michael stand im Tor und konnte nicht überzeugen, vorne bekam Ali kaum Bälle. Die Abwehr stand nicht immer gut, vor allem Stephan und Jens machten immer wieder Leichtsinnsfehler. So schieden wir schon in der Vorrunde aus. Im zweiten Turnier hielt uns Peter mit starken Paraden immer wieder im Spiel, die Angriffe wurden konzentrierter vorgetragen, die Zwillinge wuselten durchs Mittelfeld und Ali schoss seine Tore. Wir schafften es bis ins Halbfinale, wo wir knapp verloren. Aber das war schon mal ein Anfang. Im letzten Turnier ließ ich überwiegend meine Stammformation spielen und wechselte kaum noch. Diesmal kamen wir auf den 4.Platz unter sechs Mannschaften, die jeder gegen jeden spielten.

In den Punktspielen war schnell zu sehen, dass wir vorne noch eine Verstärkung brauchten. Ali alleine konnte es nicht richten. „Hol doch Torben aus der F-Jugend hoch. Er hat letzte Saison mit uns gespielt und ist richtig gut", schlug Nico vor. Genau, Torben. Er war schon vor der Saison ein Riesenthema im Jugendausschuss, weil sein Vater ihn mit aller Gewalt in die E-Jugend hochziehen wollte, der Verein aber darauf beharrte, dass alle Spieler in ihrer Altersklasse spielen müssen. Torben war groß und schnell und wäre sicher eine Verstärkung für uns gewesen, aber der Beschluss stand, er durfte nicht zu uns. Und ich wollte ihn auch nicht. Erstmal. Ende Oktober fiel Ali für zwei Wochen krankheits-bedingt aus. Wir hatten zwei Spiele vor der Brust, die ich auf keinen Fall verlieren wollte. Also ging ich zu F-Jugendtrainer Jannis und fragte ihn, ob Torben bei mir aushelfen könnte. „Nimm ihn, du kannst ihn haben", sagte Jannis. „Er stänkert hier nur rum und verbreitet Unruhe. Er will zu euch, also soll er gehen." Das war natürlich noch mit dem Jugendausschuss zu klären, aber erstmal sollte Torben ja nur für zwei Spiele aushelfen.

Torben war sofort Feuer und Flamme, rannte und kämpfte was das Zeug hielt. Er schoss im ersten Spiel zwei Tore und rettete uns zumindest ein Unentschieden. Im zweiten Spiel traf er zwar nicht selbst, bereitete aber das Siegtor durch Nico vor. „Darf ich jetzt bei euch bleiben?", fragte er nach dem Spiel. „Muss ich abklären", antwortete ich. „Aber ich würde dich schon gerne behalten." Sein Vater Olaf wollte Druck machen. „Wenn Torben nicht bei dir spielen darf, melde ich ihn ab. Sag das deinen Chefs", gab er mir mit auf den Weg. „Wenn ich damit drohe, könnt ihr morgen gehen", blieb ich gelassen. „Lass mich mal machen, ich schaffe das schon."

Also ging ich zu Jugendleiter Willy Müller und sprach mit ihm. „Torben hat körperlich und fußballerisch das Zeug dazu, in der E-Jugend zu bestehen. Er ist der einzige Spieler des Teams, der nach der letzten Saison in der F-Jugend bleiben musste. Es bringt ihm sicher mehr wenn er zu uns kommt, als wenn er in der F-Jugend versauert", erklärte ich Willy. Der stimmte zu, auch der Rest des Jugendausschusses hatte die Diskussionen um Torben satt und gab nach. So hatte ich meinen zweiten guten Stürmer und alle waren glücklich und zufrieden.

Unsere Liga war leider alles andere als ausgeglichen. Wir waren die E3, und da wird alles in einer Liga zusammengeworfen, was nach der Einteilung in reine E1- und E2-Gruppen übrig bleibt. Gegen die drei stärksten Teams bekamen wir richtig Haue und gingen teilweise zweistellig unter, gegen die schwächsten Mannschaften der Liga gewannen wir hoch und ungefährdet. Es ging für uns um die Plätze vier bis acht, die Spiele gegen diese Konkurrenten waren eng und umkämpft. Bretzenheim war einer dieser direkten Konkurrenten, gegen die war das Hinspiel schon heiß und wir hatten 2:3 verloren. Das Rückspiel wollten wir unbedingt gewinnen. In der 1.Halbzeit ging es hin und her, ein Abnutzungskampf im Mittelfeld ohne richtig gute Torchancen, mit 0:0 ging es folgerichtig in die Halbzeitpause. Fünf Minuten nach Wiederanpfiff ging Bretzenheim dann in Führung, als Michael einen Distanzschuss nur abklatschte und ein Bretzenheimer Stürmer abstauben konnte. Jetzt mussten wir alles geben. Vor allem Verteidiger Dennis war richtig heiß. Er ging total übermotiviert in die Zweikämpfe. Als sein Gegenspieler den Ball an ihm vorbeilegte und zum Sprint ansetzte, grätschte Dennis ihn brutal um. Er wollte den Ball überhaupt nicht spielen, ging nur auf die Knochen. Als ich Dennis fragte was das soll, schrie er mit hochrotem Kopf: „Dieses Arschloch spielt mich nicht aus, den haue ich weg!" Ich wechselte Dennis sofort aus. Leider war das nicht sein einziger Aussetzer in dieser Richtung. Immer wenn es eng wurde, brannten ihm alle Sicherungen durch und ich musste ihn auswechseln, um ihn vor dem Platzverweis zu schützen. Das war dann auch gleich eine enorme Schwächung für die Mannschaft, denn Dennis war mein mit Abstand stärkster Verteidiger. Wir verloren das Spiel schließlich mit 0:2.

Die größte Entwicklung machte Jens durch. Anfangs war ein reiner Ausputzer, lauf- und kampfstark, aber fußballerisch stark limitiert. Doch er wurde immer ballsicherer und bekam nach und nach auch immer mehr Übersicht. So wurde er zum Ende der Saison hin auch zum wichtigen Aufbauspieler und rückte aus der Abwehr ins Mittelfeld vor. Die anderen Jungs verbesserten sich auch, aber ein Starspieler kristallisierte sich nicht heraus. Stefan wurde in seiner Rolle als Spielführer im Laufe der Saison arrogant und hängte sich im Training nicht mehr voll rein, das war enttäuschend, das hatte ich mir anders vorgestellt.

Am Ende der Runde stand für uns Platz sieben, es wäre durchaus mehr möglich gewesen, aber die engen Spiele konnten wir leider nicht auf unsere Seite ziehen. Immer wieder gab es einen Fehler zu viel, mal vorne, mal hinten. Ein verschossener Elfmeter hier, ein unglücklich abgefälschter Ball dort, es lief oft nicht in unsere Richtung. Aber die Stimmung im Team war insgesamt gut und das Training machte Spaß, also blieb ich in der E-Jugend und sollte mit meinen schwächeren Jungs und den Neulingen aus der F-Jugend weiter die E3 machen.

Zwei Teams gleichzeitig

Der für die E1 vorgesehene Trainer sagte kurz vor den Sommerferien ab, da er ein besseres Angebot von einem anderen Verein bekommen hatte. Da so schnell niemand zu bekommen war, übernahm ich die E1 zusätzlich zur E3 und trainierte mit beiden Teams gleichzeitig. Willy Müller trainierte die besten Spieler des jüngeren Jahrgangs in der E2. Da jetzt plötzlich knapp 30 Spieler über den Platz wuselten und ich das alleine nicht kontrollieren und koordinieren konnte, nahm ich Torbens Vater Olaf als Co-Trainer. Wir bekamen für die E1 noch zwei Spieler aus Budenheim, Verteidiger Leon und Stürmer Ronaldo. Ronaldos Bruder Enrico trainierte die E1 in Budenheim und bot sich an, auch hier als Co-Trainer mitzumachen. „Kann nicht schaden", dachte ich mir und nahm ihn mit ins Trainerteam auf. Ich machte verschiedene Übungen nur für die E1 und nur für die E3 und Übungen für alle zusammen. Am Ende des Trainings gab es statt eines Spiels immer ein Turnier mit drei oder vier Mannschaften, je nachdem, wie viele

Spieler da waren. Die Kader für E1 und E3 trennte ich für die Spiele strikt voneinander. Hierbei gab es bei den Zwillingen ein Problem: Mike wollte lieber E3 spielen, Florian wollte in die E1. Sie begannen erstmal beide in der E3, wo sie klare Stammspieler waren. Gabor begann ebenfalls in der E3, obwohl er es vom Talent her in die E1 hätte schaffen können. Das sah auch sein Vater György, ein ehemaliger 05-Profi, so und sprach mich an. „Warum spielt Gabor in der E3? Gibt es einen bestimmten Grund? Ist er für die E1 zu schlecht?", fragte er mich. „Nein, er kann es in die E1 schaffen. Aber wenn er im Training immer nur mit Michael Blödsinn macht, kommt das Fußballerische zu kurz und es reicht nicht. Wenn er konzentriert trainiert und an sich arbeitet, kann ich ihn in die E1 hochziehen", antwortete ich. „Gut, ich rede mit ihm. Ich will, dass er E1 spielt", sagte György. Er muss wohl ziemlich deutlich mit ihm gesprochen haben, denn plötzlich war Gabor im Training fokussiert und zeigte, wozu er in der Lage war. Ab dem 3.Spieltag gehörte er zum E1-Kader.

Obwohl ich die Spielplangestalterin darum bat, E1 und E3 zusammen zu Hause oder auswärts spielen zu lassen, musste ich bei Veröffentlichung der Termine sehen, dass ich immer ein Spiel zu Hause und eins auswärts hatte. Und die Spiele waren teilweise so eng getaktet, dass ich mit dem Schlusspfiff der E3 ins Auto springen und zum E1-Spiel fahren musste, um rechtzeitig zum Anstoß dort zu sein. Olaf kümmerte sich um die Verkündung der Aufstellung und die Teamansprache bei der E1.

Die ersten Spiele verliefen für beide Teams unterschiedlich. Während die E3 zwei der ersten drei Spiele gewann und eins knapp verlor, holte die E1 keinen Punkt. Mit 1:2, 2:3 und 2:4 verloren wir zwar immer nur knapp, aber es nagte am Selbstvertrauen der Jungs. Am 4.Spieltag gab es gegen Mainz 05 mit 0:8 die erste richtige Klatsche, es sollte nicht die letzte bleiben. „Du stehst mit deiner E1 auf dem letzten Platz, das hatten wir noch nie", sagte Willy Müller mit ernstem Ton zu mir. „Fang jetzt bloß nicht wieder damit an, dass ich Meister werden muss", antwortete ich. „Schau dir die Jungs an, mit denen spiele ich gegen den Abstieg. Mehr ist nicht drin." „Dass du mit denen nicht Meister wirst ist klar, aber ein sicherer Mittelfeldplatz muss es schon sein. Mein Jahrgang ist so stark, wir müssen nächste Saison unbedingt Kreisliga spielen", sagte Willy. Es klang fast so, als würde ich mit der E1 absichtlich verlieren. Aber ich stellte immer die bestmögliche Mannschaft auf und die Ergebnisse waren so knapp, das würde irgendwann auch zum einen oder anderen Sieg reichen.

Kurz vor Ende der Hinrunde kam Florian zu mir und bat mich darum, ihn aus der E3 in die E1 zu ziehen. „Ich will in der Schule sagen, dass ich E1 spiele. E3 klingt so blöd", gab er als Begründung an. „Aber in der E1 sitzt du viel auf der Bank, in der E3 bist du Stammspieler", versuchte ich ihn in der E3 zu halten. Seinen Eltern war es auch lieber, dass beide Söhne in der gleichen Mannschaft spielten. Aber Florian wollte partout in die E1, also zog ich ihn hoch. Von seiner fußballerischen Qualität konnte er durchaus mithalten, durch ihn wurde die E1 nicht schlechter. Aber es blieb bis zur Winterpause leider so, wie es am Anfang war. Die E1 verlor alle Spiele knapp. Erst im letzten Spiel vor Weihnachten gab es im Rückspiel bei Schott ein hart erkämpftes 5:3. Wir freuten uns wie die Schneekönige, endlich hatten wir den Bock umgestoßen und einen Sieg errungen. Am letzten Tabellenplatz änderte das erstmal nichts, aber es gab Licht am Ende des Tunnels. Die E3 beendete die Hinrunde auf einem starken 3.Platz, vor allem die jüngeren Spieler, die aus der F-Jugend gekommen waren, gaben richtig Gas und fügten sich gut in die Mannschaft ein.

In den Trainingseinheiten der Wintervorbereitung war richtig Zug, die Jungs waren voll motiviert. Doch dann kamen die Testspiele für die E1 und damit die große Ernüchterung. Erst verloren wir gegen unsere E2 mit 2:5, dann gegen

Waldalgesheim sogar mit 1:6. Dabei sah die Anfangsphase in beiden Spielen gut aus, erst mit dem ersten Gegentor kam die große Verunsicherung. Die Aufbruchstimmung nach dem Sieg gegen Schott war dahin. Die Punkt-spiele verliefen nach dem gleichen Muster wie die Testspiele: Gegen Gonsenheim 2:0 geführt und 2:9 verloren, gegen Mainz 05 1:0 geführt und Chancen aufs 2:0 gehabt, am Ende 1:10 verloren. Sobald das erste Gegentor fiel, zerbrach das Team und nichts ging mehr. Egal wen ich aufstellte und welche Taktik ich vorgab, nichts funktionierte. Anders bei der E3. Hier eilten wir von Sieg zu Sieg, waren nur gegen die beiden besten Mannschaften unserer Gruppe chancenlos. An diesen Spielen konnte ich mich zumindest persönlich etwas aufbauen. Noch weitere E3-Spieler in die E1 hochziehen konnte ich nicht, denn der Leistungsunterschied zwischen den beiden Mannschaften war zu groß, den Sprung hätte außer Mike niemand schaffen können und Mike wollte in der E3 bleiben.

Drei Spiele waren noch zu absolvieren, wir waren mit der E1 immer noch Letzter drei Punkte hinter Weisenau und fünf Punkte hinter Mombach – unseren nächsten beiden Gegnern. Jetzt kam Willy Müller wieder zu mir. „Ihr dürft auf keinen Fall absteigen, wir müssen nächstes Jahr Kreisliga spielen", sagte er eindringlich. „Warum habe ich dir nur die E1 gegeben? Noch nie ist die Finther E1 aus der Kreisliga abgestiegen, du bist der Erste, der das schafft", fauchte er. „Ich schicke dir Daniel und Maria,

die spielen in der D2, können aber noch E-Jugend spielen. Du musst sie einsetzen, ihr müsst die nächsten beiden Spiele gewinnen." Ich kannte weder Daniel noch Maria, wollte jetzt kurz vor Saisonende auch keine neuen Spieler mehr integrieren. Die beiden kannten meine Jungs nicht, auch zwei Trainingseinheiten würden nicht reichen, um sie mit den anderen einzuspielen. „Nein, die brauche ich nicht", sagte ich. „Entweder wir schaffen das von selbst, oder halt nicht. Es war schon immer so, dass aufstiegs-

berechtigte Mannschaften aus der Kreisklasse nicht aufsteigen wollten, oder dass
Kreisligateams zurückgezogen haben.
Wir steigen nicht ab, auch als Letzter
nicht." „Keine Diskussion, ich schicke dir
die beiden und du setzt sie ein", blieb
Willy hart. Nun ja – gesprochen hatte er
weder mit D2-Trainer Jörg, noch mit Daniel und Maria oder deren Eltern. Das
Thema Maria war dann auch schnell vom
Tisch, sie wollte nicht bei uns spielen,
ihre Eltern wollten es auch nicht. Bei Daniel war das anders. Er wollte uns helfen,
seine Eltern wollten nicht unbedingt und
Jörg wollte ihn auch nicht abgeben. Da
wir aber nicht zeitgleich spielten, gab er
sein Einverständnis, dass Daniel in beiden Mannschaften spielte.

Meine Jungs waren genauso wenig
glücklich über die Order von oben wie
ich, aber wir mussten sie halt umsetzen.
Daniel kam nicht zu uns ins Training,
weil er keine Zeit hatte. Ich sah ihn also
beim Treffpunkt vor dem Weisenau-Spiel
zum ersten Mal. Er hatte 60 Minuten D2
in den Beinen, Jörg weigerte sich ihn vor-
zeitig auszuwechseln, obwohl das Spiel

früh entschieden war. Also ab ins Auto und nach Weisenau gefahren. Fürs zentrale Mittelfeld reichte Daniels Kraft nicht mehr, also stellte ich ihn in die Innenverteidigung mit der Aufgabe, sich immer mal wieder nach vorne einzuschalten. Das klappte ganz ordentlich, zumindest standen wir hinten sicher und ließen kaum etwas zu. Aber Daniel schleppte sich mehr über den Platz, als dass er richtig spielte. Mitte der 2.Halbzeit reichte es mir und ich erlöste ihn. Es stand noch 0:0, aber wie sollte Daniel entscheidende Akzente nach vorne setzen, wenn er sich kaum auf den Beinen halten konnte? Kurz vor Schluss schickte Nico Torben steil, der ging in den Strafraum und wurde vom Verteidiger umgerempelt – klarer Elfmeter. Ronaldo ließ sich die Chance nicht nehmen und traf zum 1:0. Endlich mal wieder ein Sieg! Wir waren damit punktgleich mit Weisenau und nur noch zwei Punkte hinter Mombach, wo wir am Mittwoch spielen mussten. „Na also, kaum spielt Daniel bei euch, schon gewinnt ihr", strahlte

Willy Müller. „Wir haben das Tor geschossen, nachdem ich ihn ausgewechselt hatte", sagte ich cool. „Wie kannst du
ihn nur auswechseln? Das ist unverantwortlich", polterte Willy. „Warum hat
Jörg ihn 60 Minuten in der D2 spielen
lassen? DAS ist unverantwortlich, der
Junge ist auf dem Platz fast umgekippt",
machte ich meinem Unmut Luft. „Gegen
Mombach muss er durchspielen", befahl
Willy.

Immerhin hatte die D2 diesmal vorher
kein Spiel, Daniel war also frisch und ich
konnte ihn ins Mittelfeld stellen. Doch
jetzt zeigte sich, dass er nicht mit den
Mitspielern eingespielt war. Die Laufwege stimmten nicht, er spielte Bälle in
Räume, in denen niemand stand. Und
der Rest der Mannschaft war total verunsichert. Mombach kaufte uns mit harten
Zweikämpfen den Schneid ab und führte
zur Halbzeit mit 4:1. Es hätte schon eines
Wunders bedurft, wenn wir dieses Spiel
noch hätten drehen können. Das Wunder
blieb aus, wir verloren 3:7 und waren
sportlich abgestiegen. „Und, habt ihr ge-

wonnen?", fragte Willy, als wir am Sportplatz ankamen. „Nein, wir sind abgestiegen", antwortete ich niederge-schlagen
„Das kann nicht sein, ich würde mit den
2001ern locker Meister in der Kreisliga
und jetzt müssen wir Kreisklasse spielen. Ich werde verrückt, nach dem letzten
Spieltag fliegst du raus", tobte er. „Ich
will sowieso ein Jahr Pause machen.
Diese Saison hat mich extrem viel Kraft
gekostet, ich muss mich erholen und neu
sortieren. Nächstes Jahr übernehme ich
dann wieder eine Mannschaft", konterte
ich. „Wenn du mir Daniel und Maria in
der Winterpause gegeben hättest, wäre
es wahrscheinlich gutgegangen mit dem
Klassenerhalt. Aber so hat das keinen
Sinn gemacht."

Die E3 bescherte mir am letzten Spieltag
noch einmal ein freudiges Erlebnis. Wir
spielten gegen den Vorletzten aus Heidesheim und brauchten ein Unentschieden, um den 3.Platz zu halten. Aber wir
taten uns schwer. Schon das Hinspiel
hatten wir nur mit Ach und Krach 2:1 gewonnen, der Gegner lag uns einfach
nicht. Wir drängten und drückten, doch

die Heidesheimer stellten sich mit allen Mann hinten rein und verteidigten alles weg. „Das 0:0 reicht uns ja", konstatierte ich in der Pause. „Jetzt drehen wir den Spieß um. Lasst denen mal den Ball und stellt euch selbst hinten rein. Die schießeen kein Tor. Und wenn ihr eine Konterchance bekommt, dann nutzt sie. Gewinnen ist nicht verboten, nur verlieren", gab ich meinen Jungs mit. Und sie taten wie ihnen befohlen. Heidesheim spielte jetzt auf unser Tor, aber wir standen sicher. Doch fünf Minuten vor Schluss gab es eine Unachtsamkeit in unserer Abwehr, der Heidesheimer Stürmer kam durch und schoss aus fünf Metern. Aber eine Glanzparade von Michael rettete uns das 0:0 und damit den 3.Platz. Immerhin mit einer Mannschaft hatte ich Grund zur Freude.

Die E1 ist natürlich nicht abgestiegen. Die Sieger der Kreisklassengruppen verzichteten auf den Aufstieg und Willy konnte mit seinen Superkindern in der Kreisliga spielen. Und bei den Turnieren nach der Saison überzeugten meine Jungs dann plötzlich. Klar, die Spielzeit war so kurz, dass wir wie fast immer das 1:0 schossen, aber die Gegner zu wenig Zeit hatten, um das Spiel noch zu drehen. Wir wurden zweimal Dritter, einmal Zweiter und das letzte Turnier gewannen wir dann sogar im Elfmeterschießen im Finale.

Jetzt war also ein Jahr Pause und Erholung angesagt und dann sollte es mit frischen Kräften und freiem Kopf weitergehen, in welcher Jugend auch immer.

Von wegen Pause

Meine Jungs verteilten sich zur nächsten Saison auf drei Mannschaften: Die E1-Spieler spielten überwiegend bei Olaf und Enrico in der D2, die E3-Spieler kamen in die D3 und die jüngeren Spieler blieben in der E-Jugend. Für die D3 kam Rüdiger aus Budenheim als Trainer und brachte seinen Sohn Kalle mit. Ich wollte meine Spieler ordentlich übergeben und stellte sie Rüdiger vor. Um zu sehen, bei wem sie da gelandet sind, schaute ich mir das erste Training an. Was sah ich da? Rüdiger schien keine Ahnung zu haben, machte fast alles falsch, wusste nicht, wie man ein Training aufbaut und wie man mit den Kindern spricht. Das zweite Training war genauso konfus. Keine Ordnung, kein Plan, keine Vorbereitung. An so einen Trainer konnte ich meine Jungs nicht übergeben. Da auch drei Kinder dazukamen, die vorher noch nie im Verein gespielt hatten und die ein ordentliches Training brauchten fragte ich Rüdiger, ob er etwas dagegen hätte, wenn ich ihm helfen würde. „Das ist eine gute Idee, du hast Erfahrung, da kann ich noch etwas lernen", war er einverstanden. Das mit der Pause, die ich mir eigentlich nehmen wollte, wurde also nichts.

Ich machte nur ein paar Übungen mit den Kindern und erklärte Rüdiger, wie man eine Trainingseinheit aufbaut und wie man Übungen vorbereitet, hielt mich ansonsten aber im Hintergrund. Ich hatte schließlich keine offizielle Funktion. „Fahren wir zu Turnieren?", fragte ich Rüdiger. „Brauchen wir nicht", antwortete er knapp. „Freundschaftsspiele?" „Brauchen wir nicht, wir haben ja die Punktspiele." „Wie lange machen wir in den Ferien Pause?" „Na die ganzen Ferien, da kommt doch eh keiner." Also Saison-vorbereitung gleich Null. Ich bot den Jungs an, in den letzten beiden Ferienwochen Training zu machen, es waren fast alle da. Rüdiger und Kalle kamen mit Schulbeginn und damit eine Woche vor Saisonstart wieder auf den Platz. Auch Willy Müller war nicht entgangen, dass ich nun doch keine Pause machte. „Na, trainierst du doch wieder?", fragte er mit leicht süffisantem Unterton. „Ich bin nur Betreuer, Rüdiger ist der Trainer. Ich helfe ihm bei den organisatorischen Dingen", erklärte ich. „Alles klar", sagte Willy.

Das erste Punktspiel war ein Desaster. Es stimmte gar nichts auf dem Platz, die Jungs rannten wie ein Hühnerhaufen durcheinander, Rüdiger bekam keine Ordnung aufs Feld. Und Kalle stand als Stürmer im gegnerischen Strafraum rum, bewegte sich keinen Meter mehr als nötig und stand von Anpfiff bis Schlusspfiff auf dem Feld. Wir verloren 0:7 und waren damit noch gut bedient. In der nächsten Woche war Kalle nicht im Training. „Was ist mit ihm?", fragte ich Rüdiger im Freitagstraining. „Kalle hat hohes Fieber, der kann nicht trainieren", antwortete Rüdiger. „Also spielt er morgen nicht?", wollte ich mich vergewissern. „Doch, das wird schon", blieb Rüdiger gelassen. Und tatsächlich war Kalle am nächsten Tag da und stand direkt in der Startformation. Die Jungs schauten verwundert, als Rüdiger die Aufstellung bekanntgab. Aber es traute sich keiner, etwas zu sagen. Als sich die Jungs warmmachten, ging ich zu Rüdiger und fragte ihn, warum Kalle von Beginn an spielte und Kinder, die die Woche über trainiert hatten und besser waren als Kalle, auf der Bank saßen. „Ich bin der Trainer, ich stelle auf", sagte Rüdiger lapidar. Alles klar. Kalle stand wieder nur vorne rum und bewegte sich keinen Meter, der Rest der Mannschaft war genauso konfus wie im Spiel vorher, wir verloren 0:5. Nach dem Spiel traute sich Sebastian dann doch, etwas zu sagen. „Wenn Kalle spielt ohne ins Training zu kommen, dann brauche ich doch eigentlich auch nicht mehr zu kommen. Ich bin auch Stürmer, ich laufe mehr als Kalle, also müsste ich dann auch spielen", sagte er zu Rüdiger. „Du kannst gerne zu Hause bleiben", antwortete der, „aber dann spielst du nicht." Als Sebastian Gründe für diese Art aufzustellen wissen wollte, drohte Rüdiger ihm mit Suspendierung. Spätestens jetzt war jedem klar, warum Rüdiger Trainer in Finthen werden wollte. Kalle hatte bei anderen Trainern in Budenheim nie gespielt und hier konnte Rüdiger als sein Vater über seine Einsatzzeiten bestimmen.

Die Jungs wandten sich hilfesuchend an mich. „Frank, bitte mach was. Der macht doch alles kaputt. So haben wir keine Lust mehr", baten sie mich. „Ich rede mal mit ihm, aber versprechen kann ich nichts", antwortete ich. Aber das Gespräch mit Rüdiger brachte nichts. Ich versuchte ihm zu erklären, wie sich die Jungs fühlten und dass sie die Lust verlieren würden, wenn einer grundsätzlich immer spielte, wobei man von Spielen im eigentlichen Sinne gar nicht reden könne, weil Kalle ja nur auf dem Platz stand und sich kaum bewegte. Aber ich hätte auch mit einem Baum sprechen können, da hätten zur Antwort wenigstens noch die Blätter im Wind geraschelt. Rüdiger blieb stur. „Ich bin der Trainer, ich mache die Aufstellung. Und wem das nicht passt, der kann ja aufhören."

Immerhin wurden die Jungs langsam besser, hielten ihre Positionen, kamen gut in die Zweikämpfe und spielten miteinander. Gegen Appenheim gab es mit

5:3 sogar den ersten Sieg – und Kalle schoss drei Tore. Nicht, dass er sich mehr bewegt hätte als sonst, er stand einfach zum richtigen Zeitpunkt am richtigen Ort und hielt seinen Fuß hin. Wer hatte jetzt die Argumente auf seiner Seite? Wir gingen als Drittletzter in die Winterpause. Auch hier wieder keine richtige Vorbereitung, immerhin ein Hallenturnier. Wieder war Kalle in der Woche vor dem Turnier krank, wieder war er beim Turnier dabei, wieder stand er länger als alle anderen auf dem Platz. Jetzt reichte es den anderen Jungs. In der Pause zwischen dem vorletzten und letzten Spiel riefen sie mich in die Kabine. „Wenn das so weitergeht, kommen wir nicht mehr. Das schauen wir uns nicht mehr mit an", sagte Viktor. „Und ich spreche nicht nur für mich, sondern auch für Mike, Sebastian, Marcel, Onur und Hüsseyin. Soll er doch mit Kalle alleine spielen." „Dann geht doch alle zusammen zu ihm und sprecht mit ihm. Als Sebastian ihn in der Hinrunde angesprochen hat, hat Rüdiger ihm mit Rauswurf gedroht. Aber wenn ihr zu sechst hingeht, wird er euch nicht alle rausschmeißen", schlug ich vor. In diesem Moment ging die Kabinentür auf und Rüdiger und Kalle kamen rein. „Zweikämpfe, ihr müsst in die Zweikämpfe gehen", rief ich. „Nur so könnt ihr im letzten Spiel bestehen." „Ach, machst du jetzt die Besprechung ohne mich?", fragte Rüdiger. „Ich hatte euch nicht gesehen, da habe ich die Jungs in die Kabine geholt", log ich. Eigentlich sollte ich als Co-Trainer, oder was immer ich hier war, loyal zum Trainer sein. Aber das ging einfach nicht. Es war zu offensichtlich, was hier abging. Die Jungs waren dem ziemlich wehrlos ausgeliefert, aber ich konnte mich wehren. Es ging übrigens keiner der Spieler zu Rüdiger, um mit ihm zu sprechen. Weder einer alleine, noch alle zusammen.

Anfang März spielten wir in Laubenheim. Ein schwacher Gegner, das Heimspiel hatten wir 8:1 gewonnen. Doch auswärts lief es nicht. Kapitän Mike war völlig von der Rolle, auch Marcel und Onur, auf die zuletzt immer Verlass war, schwächelten und Torwart Michael war beim 0:1 mal wieder kurz geistig abwesend. Wir rannten dem Rückstand hinterher, versuchten alles, aber der Ball wurde immer wieder geblockt, der Laubenheimer Torwart wuchs über sich hinaus. Zwei Minuten vor Schluss setzte sich Mike endlich mal auf dem Flügel durch, flankte in die Mitte, der Ball wurde abgefälscht, fiel Kalle vor die Füße und der staubte zum 1:1 ab. Rüdiger machte Freudentänze am Spielfeldrand, alle freuten sich über den späten Ausgleich, nur ich schlug die Hände vors Gesicht und schüttelte den Kopf. Warum ausgerechnet wieder Kalle? Hätte es nicht wenigstens ein Eigentor sein können, das uns den Punkt beschert hätte? Rüdiger sah meine Reaktion natürlich und giftete mich nach dem Spiel an: „Ich weiß, dass du Kalle das Tor nicht gönnst. Aber er hat gezeigt, warum ich ihn immer wieder aufstelle. Man muss auch mal Vertrauen in einen Spieler haben, auch wenn es vielleicht mal nicht so läuft", versuchte er mich zu belehren. Ich hatte genug von dem ganzen Theater. Im nächsten Training verabschiedete ich

mich von den Jungs und machte dann
doch die Pause, die ich eigentlich seit Saisonbeginn machen wollte. Im April würden ja die Mannschaften für die nächste
Saison verteilt und ich hätte dann ordentlich Vorbereitungszeit.

Das Ende

Der März verging, der April verging, ich hörte nichts bezüglich nächster Saison. Niemand fragte mich wen ich trainieren wollte, niemand suchte das Gespräch mit mir. Ich war vor anderthalb Jahren aus dem Jugendausschuss ausgeschieden, weil Entscheidungen getroffen worden waren, mit denen ich überhaupt nicht einverstanden war. Zu den monatlichen Trainersitzungen wurde ich auch nicht eingeladen, weil ich ja im Moment kein Trainer war. Somit war ich vom Informationsfluss abgeschnitten. Anfang Mai traf ich Jörg beim Einkaufen. „Schon seltsam, dass die neuen Mannschaften noch nicht verteilt sind", sagte ich. „Warum? Ich weiß schon seit vier Wochen, wen ich nächste Saison trainiere", war Jörg verwundert über meine Ahnungslosigkeit. „Ach so. Weißt du auch zufällig, wen ich trainiere?", fragte ich neugierig. „Keine Ahnung, da musst du Willy fragen", sagte Jörg. „Aber stimmt – dein Name wurde nicht genannt. Oder ich habe ihn überhört. Frag Willy besser." Das saß. War ich einfach so aussortiert worden und niemand hatte mich darüber informiert? Ich schrieb Willy eine E-Mail und fragte ihn, warum ich noch nicht wüsste, wen ich nächste Saison trainieren würde. Am nächsten Tag kam eine Mail in mein Postfach mit dem Betreff „Fwd.: Frage". Warum Fwd, also weitergeleitet und nicht Re, also Antwort? Ich öffnete die Mail und las:

Liebe Mitglieder des Jugendausschusses, hier ist Franks Mail mit der Frage, wen er nächste Saison trainiert. Was sollen wir ihm antworten? Wir waren uns ja einig, dass wir ihm keine Mannschaft mehr geben, aber er hat seit fast 20 Jahren tolle Arbeit im Organisatorischen gemacht und wir brauchen ihn für die Turniere und andere Verwaltungstätigkeiten. Wir können ihn nicht einfach so wegschicken. Für die Bambinis haben wir doch noch keinen Trainer, vielleicht macht er die. Sagt mir bitte Bescheid, was wir machen sollen. Gruß Willy

Ich war wie versteinert. Die Mail war nicht für mich bestimmt, ich war nur zufällig im Verteiler. Sie hatten mich also tatsächlich abserviert. Jetzt sollte ich den Notnagel bei den Bambinis spielen. Willy wusste eigentlich genau, dass ich unterhalb der E-Jugend nichts machen würde. Aber das war ja noch keine offizielle Antwort. Die kam dann drei Tage später mit dem Hinweis, dass sich jemand vom Jugendausschuss bei mir melden würde. Mir war klar, dass ich dieses Spielchen nicht mitspielen würde. Das war aber wenigstens die Chance für mich, von mir aus zu gehen und damit meine Ehre zu retten.

Klaus-Peter vom Jugendausschuss bat mich zwei Tage später zu einem Treffen auf dem Sportplatz. Hier schlug er mir erwartungsgemäß vor, die Bambinis zu trainieren. „Verarschen kann ich mich selbst", lehnte ich ab. „Wie könnt ihr mir nur mit so einem Vorschlag kommen? Ihr wisst genau, dass ich unter E-Jugend nichts mache. Ich bin Trainer und kein Kindergärtner. Ich binde keinem Kind die Schuhe und ich gehe mit keinem Kind aufs Klo. Ich will vernünftiges Training machen", ergänzte ich. „Alle anderen Mann-schaften sind vergeben", sagte Klaus-Peter. „Du kannst höchstens war-ten, ob noch jemand abspringt." „Nein danke", lehnte ich erneut ab. „Das war's dann hier für mich, meine Zeit bei der Fontana ist nach 19 Jahren zu Ende. Es gibt auch andere Vereine." Ich drehte mich um und ging.

Bei der nächsten Generalversammlung bekam ich mit warmen Worten die Ver-dienstnadel des Vereins überreicht und sollte einen Posten im erweiterten Vor-stand annehmen. Auch in den Jugend-ausschuss sollte ich zurückkehren. Aber ich blieb bei meiner Entscheidung und der Devise, die ich schon vor ein paar Jahren ausgegeben hatte, als es schon einmal brenzlig für mich war: Entweder ich trainiere eine Mannschaft, die mir ge-nehm ist – dann mache ich auch alles an-dere für den Verein, oder ich trainiere keine Mannschaft – dann mache ich nichts und verabschiede mich. Ich war

über das Verhalten des Jugendausschusses so enttäuscht, dass es für mich keine
Möglichkeit für eine weitere Zusammenarbeit gab. Jetzt konnte, oder besser gesagt musste ich also die Pause machen,
die ich mir gewünscht hatte und würde
schon früher oder später einen anderen
Verein finden.

Wie es im Fußball mit mir weiterging, wie ich durch einen Zufall zur Leichtathletik kam und was ich dort als Jugendtrainer und Sportabzeichenprüfer erlebte, schreibe ich in meinem nächsten Buch.

Irgendwann...

Vielleicht...